LE BONHEUR

DE LA MÉDIOCRITÉ,

POËME.

Je déclare contrefait tout exemplaire qui ne sera pas revêtu de ma signature.

DE L'IMPRIMERIE DE J. GRATIOT.

LE BONHEUR DE LA MÉDIOCRITÉ,

POËME EN DEUX CHANTS,

AVEC DES NOTES ;

PAR Mme. BURSAY, ci-dev. Melle. AURORE.

DÉDIÉ

A M. K.

Auream quisquis mediocritatem
Diligit, tutus caret obsoleti
Sordibus tecti, caret invidendâ
Sobrius aulâ.

Ode d'HORACE, liv. II. Ode 7.

A PARIS,

Chez
L'AUTEUR, quai de l'École, n°. 20 ;
DELAUNAY, Libraire, au Palais-Royal, galerie de bois, n°. 243 ;
LE NORMANT, rue de Seine, n°. 8.

1813.

A M. K.

Vous qui nourri de grandes vérités philosophiques savez apprécier à leur juste valeur les dons de la fortune, les faveurs du destin et les revers qui les accompagnent, daignez agréer mon ouvrage.

Un passage de votre bien-aimé Horace m'a fourni le sujet de mes réflexions.

L'exemple d'un homme illustre près duquel

j'ai passé un tiers de ma vie (*), le sort heureux dont il a joui et dont j'ai été le témoin, ont servi à me convaincre que *le Bonheur de la Médiocrité* était le seul qui existât sur la terre. Profitant des leçons de sagesse que j'ai reçues auprès de lui, je me suis accoutumée aux jours des honneurs et de l'opulence à vivre avec modestie et simplicité : j'en reçois aujourd'hui le prix. J'ai tout perdu, et mon sort est le même. De quels malheurs la modération, l'étude et la retraite ne consolent-ils pas !

J'ai consacré mes premiers loisirs à faire connaître les vertus privées de ce grand homme. La reconnaissance m'imposait ce devoir pour la protection dont il a daigné m'honorer, et le juste tribut d'admiration que j'offre à sa mémoire est bien faible auprès de la moindre des qualités de son cœur.

(*) S. A. R. le Prince Henri de Prusse.

Les âmes élevées jouissent en contemplant le tableau des vertus d'autrui; et, seules, elles ignorent que c'est un miroir qu'on leur présente où elles se réfléchissent. Veuillez y jeter les yeux.

J'ai l'honneur d'être avec respect,

Votre très-humble et obéissante
servante,

AURORE BURSAY.

Nota. L'indulgence avec laquelle le public accueillit les productions de ma jeunesse me fait espérer qu'il verra mon ouvrage avec bonté.

Puisse-t-il ne pas le juger au-dessous de son titre !

LE BONHEUR

DE LA MÉDIOCRITÉ,

POËME.

CHANT PREMIER.

LA PUISSANCE COMPARÉE AU BONHEUR DE LA MÉDIOCRITÉ.

Je chante ce bonheur si méconnu de l'homme,
Ce bonheur dont Horace, en la splendeur de Rome,
Regrettait le délice et la réalité;
Cette source de biens, la médiocrité.

Je sais que le Crésus qui dans son or se plonge,
Le fol ambitieux qui se repaît d'un songe,
La coquette frivole et le fat du boudoir
Se riront de mes vers; c'est mon plus noble espoir.
Je ne briguerai point leur stérile suffrage
Si je puis mériter un seul regard du sage,
Du père de famille, honoré citoyen;
Fière de ce laurier, je ne prétends plus rien.
La trompette héroïque et les pipeaux champêtres,
Dociles à la voix des plus habiles maîtres,
Frappent la double cime et la font retentir :
Tout orgueil devant eux se voit anéantir.
Favoris de Thalie, amans de Melpomène,
Une foule d'auteurs se partage la scène;
Et de quelques côtés que se tournent les yeux
Un rempart de talens s'offre à l'audacieux.
Comment prétendre enfin, si ma muse m'inspire,
A me faire écouter quand ils tiennent la lyre?

Il faut avec raison contenir les élans
Dont l'essor n'est permis qu'à ces mâles talens.
Modeste dans mes chants, comme mon sujet même ;
Si j'ose m'élever jusques au rang suprême,
Ce n'est que pour tracer son éternel malheur.
Heureuse si je puis combattre cette erreur
Qui nous montre que l'or, la grandeur, la puissance
Sont la source des biens et de la jouissance.
Mon but est de prouver que le rang ignoré
Est le plus désirable et le moins désiré.
Mais ce rang ignoré, ce n'est point l'indigence
Qu'enfante l'inconduite ainsi que l'indolence ;
Cet état, mort civile, et tombeau de l'honneur,
Est l'avilissement : son nom seul fait horreur !
Celui que je peindrai, qui sourit à mon âme ;
Qui commande ma verve, et l'excite et l'enflamme ;
Loin de l'ambition, de ses nombreux écarts,
Est fils de la nature et compagnon des arts.

Ah! mille fois heureux celui qui l'apprécie!
De combien de revers il dégage sa vie;
Image du nocher retiré dans le port,
Il voit périr la nef et pleure sur son sort!
 Des plus brillans destins, pour citer un exemple,
Examinons les rois que l'univers contemple :
L'univers! qui ne voit, ébloui par l'éclat,
Qu'un être exempt de soins dans le chef d'un état.
Quel insensé mortel envierait la couronne,
S'il savait réfléchir aux devoirs qu'elle ordonne?
« Je voudrais être roi », vous dit légèrement
Celui qui d'un roi juste ignore le tourment.
Observez cependant que ce vœu téméraire
Est suivi tout à coup d'un instinct salutaire,
Qui lui fait limiter son imprudent désir :
Ce n'est que pour un temps qu'il veut le devenir.
Ah! qui peindra jamais cette sollicitude,
Ces soucis dévorans, cette âpre inquiétude,

Ces calculs infinis pour la guerre ou la paix
Qu'un monarque sensible épargne à ses sujets.
Quand l'obscur artisan dans son réduit sommeille,
Réparant à loisir les travaux de la veille,
Son maître se dérobe aux douceurs du repos,
Pour augmenter ses biens, pour alléger ses maux :
Il prévoit ses besoins, veille à sa subsistance,
Par ses plans combinés assure l'abondance.
Pour contenir le crime il établit des lois,
Et pour l'absoudre encore il réserve sa voix (1);
Il fait fleurir les arts, distingue le génie,
Protège les talens, accueille l'industrie;
Réforme les abus de l'ordre social,
Et son cœur n'a pour but que le bien général.
Si son esprit actif plane sur son empire,
Quels tableaux déchirans ont accru son martyre!

(1) Voyez les notes à la fin du chant.

Le cri de la douleur retentit dans son sein,
Il offre à ses regards le pauvre et l'orphelin.
« Tristes jouets du sort, sans appui, sans asile,
» Votre plainte, a-t-il dit, ne sera point stérile :
» Je veille ! et si ma main peut essuyer vos pleurs,
» Je reçois amplement le prix de mes labeurs. »
Ô de l'humanité, magnanime langage !
Non, le cœur le plus dur, l'âme la plus sauvage
Ne pourraient rester froids à ces sublimes traits,
Ni d'un maître si digne oublier les bienfaits....
Erreur ! si par un choc, souvent inévitable,
Un fléau passager rompt cet ordre admirable;
Si le produit borné, d'une avare saison,
Restreint le peuple injuste et toujours sans raison ;
Si des vaisseaux chargés, partis du nouveau monde,
Sont par les ouragans ensevelis sous l'onde ;
Que d'un léger impôt, on augmente à ses yeux,
Ces factices besoins, qu'ignoraient nos aïeux,

C'est son roi qu'il accuse ; et son ingratitude,
De lui trouver des torts, fait son unique étude :
C'est peu qu'il lui consacre en entier ses instans ;
« Il fallait qu'il prévît les caprices du temps ! »
Indifférent au bien que la paix lui procure,
La guerre légitime allume son murmure ;
Et si son défenseur est trahi par le sort,
Il ne compte pour rien son généreux effort.
Monarque affectueux, s'il se montre sensible,
Si pour tous ses sujets il devient accessible,
Ils l'accablent partout de désirs insensés ;
Et murmurent encor s'ils ne sont exaucés.
A-t-il de son pays consolidé la gloire ;
Exposant, mille fois, ses jours pour la victoire ;
Quels fruits auront produit ses acerbes lauriers,
Autres que le bonheur et la paix des foyers :
Seul, il opéra tout, et seul sans récompense,
La peine le dévore au sein de la puissance.

Aux devoirs de son rang, en esclave lié,
Il immole le sang, l'amour et l'amitié :
En vain sa voix lui parle, il l'écoute avec crainte ;
Il n'est que trop certain qu'elle fuit la contrainte ;
Et retenant l'essor d'un cœur franc et loyal,
Hélas ! « On n'aime bien, dit-il, que son égal, »
La douce intimité, la tendre confiance,
Le touchant abandon de la reconnaissance,
Et d'un lien plus doux, le charme mutuel,
Blessés par la grandeur, désertent son autel.
Dans aucuns sentimens son cœur ne se déploie,
Il cèle ses chagrins, ou réprime sa joie.
Observé dans tous temps, à tout heure, en tous lieux,
Il ne peut respirer sans fixer tous les yeux.
Jusque dans ses plaisirs, le faste et l'étiquette
Paralysent les ris, commandent leur retraite.
Veut-il fuir le tumulte et l'éclat des palais,
Le fardeau de son rang le suit dans les forêts,

Combien de fois son âme accuse la fortune,
D'avoir placé sur lui sa faveur importune;
Il changerait sa pourpre et son autorité
Pour le plus humble état, d'où naît la liberté.
Mais il est né monarque, ou par le sort dut l'être,
Ses devoirs sont marqués, son cœur sait les connaître,
Heureux ou malheureux, il doit remplir ce sort,
Et pour rompre sa chaîne, il ne voit que la mort.
Suivons-le, comme père, auprès de sa famille.
Le ciel lui fit le don d'un fils et d'une fille :
Ces objets, tour à tour, excitent sa pitié,
L'un aura ses tourmens, l'autre est sacrifié.
Le fils doit être exempt de l'humaine faiblesse;
Si son père, du moins, dirigeait sa jeunesse,
Du rejeton royal il eût été l'appui :
Son peuple le rappelle, il s'éloigne de lui.
Des mentors réputés, pour le guider s'empressent:
Mais les hommes, toujours, sont-ils ce qu'ils paraissent?

Tel se pare du nom du plus sûr des mentors,
Qui n'a de la vertu, souvent que les dehors.
Comment donc éviter qu'un guide mercenaire
(Qui n'ose qu'approuver, et tremble de déplaire)
N'étouffe en cet enfant les germes créateurs
Des vertus que le ciel dispense à tous les cœurs?
Qui pourra du monarque adoucir le supplice,
Le garantir des traits que lance l'injustice;
S'il voit son successeur, dans ses derniers momens,
A ce peuple qu'il aime, apprêter des tourmens?
Ne doit-il pas trembler que cet essaim volage,
A qui son existence et se voue et s'engage,
Ne puisse l'accuser d'avoir manqué de soins,
Tandis qu'il s'occupait de ses urgens besoins.
Voyons, d'une autre part, une fille timide,
Qui du sort de l'État, sans volonté, décide,
N'oser lever les yeux au milieu de sa cour
De peur de respirer le poison de l'amour.

Elle sait qu'en naissant, au devoir asservie,
Son être est nul pour elle, et tout pour la patrie :
Elle ne tente point un effort superflu ;
Elle fait d'obéir sa première vertu.
Si malgré ses combats, vers l'amour entraînée,
Par un charme vainqueur, son âme est enchaînée,
Le monarque attentif à lire dans son cœur,
Voit son sang menacé d'un éternel malheur ;
Au dedans déchiré, s'armant d'un front sévère :
« Quand on est roi, dit-il, on ne peut être père,
» Nature ! sentiment qui régis les humains
» Cède aux devoirs sacrés, prescrits aux souverains. »
Conduisons le monarque au bout de sa carrière,
Et jetons un regard sur son heure dernière.

De ses jours orageux, le terme est arrivé,
Un tourment inconnu pour lui s'est réservé ;
Cette foule sans cesse, à ses regards offerte,
A disparu soudain : sa demeure est déserte.

Le souple courtisan ne baise plus ses pas,
Et sa fuite au monarque, annonce le trépas.
« Attendez un moment, troupe vaine et frivole!
» Quoi! sitôt empressée aux pieds d'une autre idole?
» Ce roi tant adoré réclame cet effort;
» La solitude ajoute à l'horreur de la mort.»
Tout se tait,... il expire, heureux s'il a pu croire
Que le peuple, du moins, bénira sa mémoire;
Car, n'est-il pas des rois, de leur siècle l'orgueil,
Dont ce peuple insolent insulta le cercueil.

Voilà le sort brillant qui tente votre envie
Mortels! légers mortels! vous dont la douce vie
Se compose de biens mêlés de quelques maux
Qui naissent trop souvent de vos propres défauts.
Remerciez le ciel, dont la main protectrice
Vous guida sagement loin de ce précipice,
Et dès votre réveil, imposez-vous la loi
De faire constamment un voeu pour votre roi.

Du moindre des bonheurs, en goûtant l'avantage,
Persuadez-vous bien, qu'il naît de son ouvrage;
Qu'il garantit vos jours et vos propriétés,
Que même vos plaisirs par lui sont achetés.
  Du faîte des grandeurs, de la royale sphère,
Descendons maintenant dans un rang ordinaire.
Examinons le sort de l'état mitoyen,
En prenant au hasard un simple citoyen,
Tel qu'avant l'artisan, l'œil en découvre mille,
Qui contribue aux arts, qui soit aux lois utile;
Enfin qui soit placé dans la société,
Aussi loin de l'éclat que de l'obscurité.
  De son père il reçoit un léger héritage,
Avec cette leçon: « Sois économe et sage,
» Juste, compatissant: sers ton Dieu, sers ton Roi,
» Travaille, et tu seras fortuné comme moi.
» Fuis de l'ambition les trompeuses amorces;
» Préviens autour de toi les haines, les divorces;

» Forme les nœuds d'hymen au matin de tes ans,
» Tu jouiras au soir, des soins de tes enfans.
» Sous les lois de l'hymen, il faut que tout se range,
» La nature toujours du célibat se venge.
» Avant de t'engager connais bien ta moitié,
» Afin qu'à ton amour succède l'amitié.
» Sache de tes devoirs te faire une habitude,
» Mais remplis-les sur-tout avec exactitude;
» C'est d'elle quelquefois que le bonheur dépend;
» Elle peut balancer l'esprit et le talent;
» Aux arts, dans tes loisirs, donne la préférence:
» L'homme reçoit par eux une double existence.
» Ils savent l'éclairer par un jour délicat,
» Et le vice contre eux vainement se débat:
» Ils versent à longs traits sur les maux de la vie,
» Le baume consolant de la philosophie:
» Leur secours et celui de la religion,
» Sont vainqueurs à la fin de toute passion.

» Crains l'approche des grands, leur faveur éphémère :
» Aux dépens de son cœur et de son caractère,
» Trop souvent on l'achète ; et ce frêle roseau
» Se brise au premier vent qui vient agiter l'eau.
» Heureux, encor celui qui trouve après l'orage,
» Son honneur sain et sauf échappé du naufrage :
» L'honneur ! ô mon cher fils ! garde de l'oublier,
» L'honneur ! de tous les biens, doit être le premier !
» Je mourrai satisfait, si mon expérience
» Peut te servir de guide, ainsi que de défense ;
» Si d'un père expirant, les solides avis
» Sont par un fils que j'aime exactement suivis.

» Vous, ma fille, approchez : un jour heureuse épouse,
» Des dames de haut rang ne soyez point jalouse ;
» Des chagrins plus qu'amers naissent de la grandeur,
» C'est le serpent caché que recouvre la fleur.
» Brillante de vertus, de fraîcheur, de jeunesse,
» Ayant de votre mère écouté la sagesse,

» Vous passez dans les bras d'un époux estimé,
» Que l'amour attentif pour vous seule a formé :
» Pour vivre auprès de vous, avec vous il se lie.
» Vos désirs sont les siens, votre vie est sa vie;
» Vous possédant toujours, il vous désire encor.
» Ah! pour se faire aimer, est-il besoin de l'or?
» Bientôt dans vos enfans il se voit reproduire,
» Et de son premier né, l'aimable et doux sourire
» Fait couler de ses yeux des larmes de bonheur :
» Jouissance qui fuit trop souvent la splendeur.
» Si le ciel vous départ la gloire d'être mère,
» N'abandonnez jamais aux soins de l'étrangère
» Ce présent de l'hymen, son plus ferme lien;
» Fille votre compagne, et fils votre soutien.
» L'intérêt de son être en vous seule repose :
» Voyez épanouir vous-même cette rose,
» D'un trésor aussi cher ne vous séparez plus;
» Et s'il a vos défauts, il aura vos vertus.

» C'est assez, mes enfans, je finis ma carrière,
» Mais l'amour filial va clore ma paupière;
» De mes soins paternels c'est le juste retour,
» Et mes derniers momens sont le soir d'un beau jour. »
Cette douce leçon dans leur âme s'imprime;
En oublier un mot leur semblerait un crime;
C'est l'arrêt immortel d'un père respecté,
Qui par un fils soumis doit être exécuté.
Après l'avoir conduit dans son dernier asile,
Il lève vers le ciel un œil calme et tranquille:
« Non, dit-il, de ton fils tu n'es que séparé,
» Dans un monde meilleur, je te retrouverai.
» Un instant avant moi, si tu cessas de vivre,
» Dans un instant encor, mon âme va te suivre;
» Car, un siècle, effrayant par son immensité,
» Disparaît comme un point devant l'éternité. »
Cet espoir consolant, le travail, la jeunesse,
Dissipent ses regrets, surmontent sa tristesse;

Sa raison se mûrit ; et son cœur en secret
A fixé tous ses vœux sur le modeste objet
Dont la société doit embellir sa vie.
Il en instruit d'abord sa mère, son amie :
« Si ma fille y consent, soyez sûr du succès,
» Dit-elle; son bonheur est l'un de mes souhaits :
» L'autre, est de retrouver un enfant dans mon gendre,
» Qui me porte l'amour qu'il a droit de prétendre;
» De ma fille, à ce prix, je vous promets la main ;
» Aujourd'hui son aveu, vous l'épousez demain. »
Dans le conseil privé la fille est appelée ;
Elle entre en rougissant, et son âme est troublée.
Dès long-temps elle a vu s'empresser sur ses pas
Celui qui maintenant cause son embarras.
Son cœur est inquiet du dessein qui l'amène :
Sa mère l'en instruit; pour terminer sa peine,
Se retire à l'écart, sans la perdre de l'œil,
Et lit ses sentimens dans son premier accueil.

« Voudrez-vous m'honorer d'un peu de confiance,
» Dit l'amant, qui près d'elle avec respect s'avance :
» Votre mère permet que j'exprime mes vœux ;
» Mais mon bonheur dépend du plus doux des aveux :
» Votre vertu, vos mœurs, votre sage conduite,
» Bien plus que vos attraits, ont guidé ma poursuite.
» De ces fragiles dons, le charme séducteur,
» Seul, n'eût pas décidé le penchant de mon cœur :
» Je veux une compagne aimable, complaisante,
» Douce, et pour mes erreurs quelquefois indulgente;
» Qui sache, en badinant, me retracer mes torts;
» Me ramener à moi, sans aigreur, sans efforts;
» Une femme prudente, économe, discrète;
» Qui veuille préférer au monde la retraite,
» Qui trouve ses plaisirs dans un chaste lien,
» Et dont l'esprit en tout, s'accorde avec le mien.
» Vous qui me présentez un brillant assemblage
» De solides vertus, si rares à votre âge :

» Par ces mêmes vertus, je jure à vos genoux,
» Jusqu'au dernier soupir, de n'adorer que vous.
» De maints talens, je sais que vous êtes ornée,
» Ils sauront embellir le nœud de l'hymenée;
» Après qu'il est formé, votre sexe, souvent,
» Néglige leur pouvoir, et bientôt s'en repent:
» C'est par eux qu'un époux se plaît dans son ménage;
» Les talens ont le droit de fixer un volage;
» Ils aident à remplir le vide des instans,
» Et peuvent être un jour la dot de vos enfans.
» Si j'augurais moins bien de vous et de votre âme,
» Je ne ferais parler que ma brûlante flamme;
» Je craindrais, en traçant un sévère devoir,
» De vous effaroucher, d'éteindre mon espoir.
» Pour séduire, l'amour différemment s'exprime;
» Mais quand il a pour but, et l'hymen, et l'estime,
» Il doit se déclarer sans feinte ni détour,
» Afin de prévenir un funeste retour....

» Que votre cœur, sans art, dicte votre réponse !... » :
« Si ma mère est pour vous, comme tout me l'annonce,
» Répond la jeune fille, il me sera bien doux
» Dans l'amant de mon choix, de trouver un époux. »
L'amant, ivre d'amour, vole aux pieds de la mère.
« Autant qu'à vous, dit-il, elle me sera chère ;
» Ne nous quittez jamais, de vos précieux jours,
» Nos soins réitérés prolongeront le cours. »
Mais tout est déjà prêt ; il avait lu d'avance,
Dans un regard surpris à la simple innocence,
Qu'à ses nombreux rivaux il était préféré.
Il conduit à l'autel cet objet adoré,
Orné des dons brillans que lui fit la nature.
Le bouquet virginal est sa seule parure.
Ils entrent dans le temple. Un saint recueillement
Où se peint la ferveur, précède le serment.
Le ministre de Dieu, dans un discours sublime,
Leur trace les devoirs de ce nœud légitime,

Et jusques à la mort s'étend l'impression
De ce pacte sacré de la religion.
  Dans un réduit sans luxe, agréable et commode,
Où l'ordre s'établit aux dépens de la mode,
Où règne l'abondance avec la propreté,
Arrive le bonheur par l'amour escorté.
  « Ceci vous appartient, dit l'époux; et moi-même,
» Autour de vous chacun fera son bien suprême,
» De deviner vos goûts, de prévenir vos vœux.
» La bonté, mieux que l'or, sait faire des heureux;
» Vous la prodiguerez en échange du zèle.
» Pour nourrir vos talens et leur rester fidèle,
» Vous voyez réunis leurs divers attributs,
» De la main de l'amour, recevez ces tributs.
» C'est elle qui vous offre encore une campagne,
» Où mon aimable sœur sera votre compagne:
» Lorsque le doux printemps chassera les frimas,
» Vous irez habiter ce séjour plein d'appas.

» C'est de mes bons aïeux le modeste héritage,
» De la simplicité vous y verrez l'image :
» Ce ne sont point des parcs, des châteaux fastueux,
» Des jardins compassés qui fatiguent les yeux
» En leur offrant sans cesse une monotonie
» Que traça dans ses plans la froide symétrie;
» C'est une maisonnette, un vaste potager
» Que traverse un ruisseau, que couronne un verger;
» Des prés couverts de fleurs où paissent des génisses,
» Richesses des hameaux, leur espoir, leurs nourrices;
» Un agreste vallon, des ruches, un moulin,
» Qu'environne un tapis et de chanvre et de lin.
» Plus près de vos foyers, l'espèce volatile
» Vous comblera de dons, peuplera votre asile,
» Où le coq matinal vient dès l'aube du jour,
» Annoncer du soleil le bienfaisant retour :
» Cette horloge des champs, qui jamais ne varie,
» Avertit les troupeaux de fuir la bergerie;

» Ils gagnent, en bêlant, la plaine, les côteaux;
» La chèvre y va brouter les flexibles rameaux;
» Le pourceau turbulent cherche le gland, la faîne;
» Et la douce brebis, dans la stérile arène,
» Trouve le romarin, l'odorant serpolet
» Qui double sa mamelle et parfume son lait.
» Un jeune pâtre, assis au pied d'un chêne antique,
» Ajoute mille attraits à ce tableau rustique,
» En fredonnant sans art, sur ses légers pipeaux
» Quelques airs langoureux redits par les échos.
» Moi seul, chaque matin, ramené vers la ville,
» Je suivrai mes travaux d'un esprit plus tranquille:
» Loin de vous, l'espérance allégeant le devoir
» Me montrera le prix qui m'attend chaque soir.
» Vous, auprès d'une sœur et d'une tendre mère,
» Objets qui vous sont chers, à qui vous êtes chère,
» N'ayant que mêmes goûts et que mêmes désirs
» Saurez utiliser vos innocens loisirs.

» L'âme laborieuse aime la solitude
» Si propice au travail, aux douceurs de l'étude;
» Sans lui tout serait mort, et la nature en deuil
» N'offrirait aux humains qu'un immense cercueil.
» Tout se change en plaisir dans une vie active,
» On a le présent sûr, l'espoir en perspective :
» Les mois sont des instans, et les ans à leur tour
» Sur l'aile du bonheur s'échappent comme un jour.
» Du bonheur trop souvent la fausse image brille,
» Il n'est point dans le faste, on le trouve en famille,
» Où les cœurs enchaînés dans un même lien
» Supportent mieux le mal, jouissent mieux du bien.
» Deux époux assortis goûtent dans leur ménage,
» Avec sécurité, des plaisirs à tout âge;
» L'hymenée en son cours nous présente un jardin
» Qu'un artiste savant a planté de sa main;
» Au printemps de l'hymen, c'est la fleur qu'on respire;
» L'été la voit tomber, symbole du martyre

» Que votre sexe éprouve en sa fécondité ;
» Mais l'automne le chasse, et dans sa majesté
» Étale à nos regards une riche abondance
» Dont la réalité surpasse l'espérance ;
» Et ces fruits savoureux, ressource des hivers,
» Offrent aux sens glacés, goûts et parfums divers.
» Ainsi de vos enfans en tous temps entourée
» Vous vivrez glorieuse, et par eux adorée :
» Leurs vertus, leurs amours, et leurs soins renaissans
» Sauront vous ranimer dans l'hiver de vos ans. »
L'épouse à ce discours verse de douces larmes,
Aux yeux de son époux elles doublent ses charmes.
Des parens attachés, de vrais et sûrs amis
Au banquet nuptial ont été seuls admis :
Cette fête décente est encore embellie
Par les ris sans éclat, la gaîté sans folie :
Si le matin fut doux, que le soir sera beau !
La main de la pudeur tire ici le rideau...

Le temps en s'écoulant sur ses traces amène
D'aimables rejetons qui resserrent la chaîne :
Gloire de l'hymenée, honte du célibat,
Parure d'une mère et son plus bel éclat
Les filles sont le lot qui lui tombe en partage.
Après avoir soigné les jours de leur jeune âge,
Elle les accoutume aux solides travaux
Dont parfois l'ignorance entraîne tant de maux :
C'est l'ordre précieux, l'utile économie,
Ces vertus qu'en tout temps un époux apprécie ;
Fixe leurs qualités et surveille leurs mœurs,
Sous ses yeux vigilans croissent ces tendres fleurs
Belles de leurs attraits, de sagesse plus belles !
On les cite partout, on les prend pour modèles ;
Et quand vient la saison, et d'amour et d'hymen,
Tout homme les reçoit sans le moindre examen ;
Nul doute n'est formé sur un nœud si prospère,
Un garant sans appel est le nom de leur mère.

De son côté, l'époux suit attentivement
L'instruction des fils, leur développement;
Au chemin de l'honneur les guide, les éclaire,
Leur transmet les leçons qu'il reçut de son père,
Les prévient sur les maux qui naissent de l'orgueil,
Et de l'ambition leur présente l'écueil;
Dirige leur courage au bien de la patrie,
Des arts consolateurs peint la route fleurie;
Leur inspire l'amour, le respect dus aux rois,
Et celui, non moins grand, qui les soumet aux lois.
Dans un conte instructif qui remplit la soirée,
Il glisse la morale avec soin préparée;
Il mêle constamment à ses narrations
Des traits de bienfaisance et des réflexions.
Tantôt il leur dépeint les cours et leurs orages;
Tantôt les simples mœurs des peuplades sauvages;
Les révolutions, ces fièvres des états,
Les dons de la nature en différens climats;

L'abyme de malheurs que s'ouvre la paresse,
Le besoin du travail, les fruits de la sagesse.
« Mes enfans, leur dit-il, tous biens sont passagers:
» Pouvoir, richesse, honneurs sont voisins des dangers.
» Écoutez ce récit, il vous fera connaître
» Que de fixer ces biens, l'homme n'est pas le maître;
» Que souvent leur éclat fait leur fragilité,
» Et que leur bonheur suit la médiocrité.
» On dit que Mozadin, jeune roi de Ternate (2),
» Fut jadis détrôné par un chef de Marate (3),
» Qui, fuyant d'Orixa tout souillé de forfaits,
» S'était depuis long-temps fixé dans le Malais (4).
» Ternate était le but de sa longue espérance;
» Du jeune Mozadin l'inactive existence,
» Sa valeur éclipsée aux yeux de ses sujets,
» Tout servait d'un brigand les hostiles projets.
» Il avait lentement, par une sourde brigue,
» Des peuples de ces bords su former une ligue.

» Sa perfide éloquence et ses plans captieux
» Subjuguaient les esprits et fascinaient les yeux.
» Le peuple est un enfant, la nouveauté l'attire,
» Le merveilleux, sur-tout, excite son délire.
» En vain la raison parle ; il aime à s'abuser :
» Le secret de le prendre est l'art de l'amuser.
» Ce chef audacieux adoptait ce système;
» Dévoré du désir de ceindre un diadème,
» Son adresse en tous lieux, en toute occasion
» Employait le talent de la séduction.
» A quoi sert, disait-il, que le père du monde
» Ait rendu votre terre en richesses féconde (5)?
» Vos mines, vos travaux pour vous seuls ne sont rien (6);
» Et quand de leur produit vous voyez l'Indien
» Consolider ses ports, étendre son commerce,
» S'approprier par lui le luxe de la Perse (7),
» Soudoyer à grands frais de nombreux bataillons,
» Et couvrir les deux mers de ses fiers pavillons,

» Ne briserez-vous point d'odieuses entraves ?
» Soyez hommes enfin, et cessez d'être esclaves (8) !
» J'en atteste le ciel qui m'inspire et m'entend,
» A Ternate, à jamais, le bonheur nous attend.
» L'équateur de ses feux embrase en vain cette île (9),
» Son sol baigné par l'onde est constamment fertile.
» Vainqueur des aquilons et vainqueur des autans,
» Un zéphyr éternel y retient le printemps.
» D'un volcan c'est à tort que l'on vous épouvante (10),
» Il constate des dieux la bonté prévoyante.
» Par lui, quand le soleil abandonne les cieux,
» La nuit sombre se change en un jour radieux.
» Du bitume enflammé que vomit son cratère
» Naît encor, pour ces lieux, un bienfait salutaire ;
» Il fixe au fond des mers l'impur limon des eaux
» Qui répandrait la mort, en nageant sur les flots ;
» Si d'immondes débris, tapissant leur surface,
» Du verdoyant azur viennent ternir la glace (11),

» Par son attraction, épurateur des mers,
» Le volcan les aspire en ses flancs entr'ouverts.
» Là, ces flots mutinés, engloutis dans son gouffre,
» S'unissent en grondant à des torrens de soufre,
» Et le feu séparant leurs principes divers,
» En laves transformés, les lance dans les airs (12).
» Maux et biens, balancés par des mains protectrices,
» Ont fait de cette rive un séjour de délices;
» Le volcan, de la mer, absorbe les vapeurs,
» Et la mer, du volcan, tempère les châleurs.
» De leur sublime accord, la brillante nature
» S'enrichit et dévoile en tous temps sa parure;
» Elle ouvre de son sein jusqu'au moindre repli,
» Nul germe producteur ne reste enseveli;
» Son front majestueux à la fois se couronne
» Des roses du printemps et des fruits de l'automne,
» Et son manteau tissu de mille et mille fleurs
» Y tient l'air embaumé de suaves odeurs;

» L'oranger toujours vert et le palmier superbe,
» Dont la tête s'élance et se déploie en gerbe,
» Offrent le choix entr'eux d'un suc rafraîchissant,
» Ou pour calmer la faim d'un lait plus nourrissant (13).
» Le rubis, le saphir, l'émeraude, l'agate,
» Et l'arbuste onctueux qui porte l'aromate
» Que l'Europe empressée achète au poids de l'or (14),
» Sont pour cette île heureuse un éternel trésor.
» Les chefs-d'œuvre des arts nés dans l'autre hémisphère
» Qu'apporte chaque jour l'étranger tributaire,
» Pour avoir dans ces mers un sûr et libre accès,
» Ornent de Malayo le somptueux palais (15).
» Ce pays, à bon droit, excite notre envie,
» Il renferme en lui seul tous les biens de la vie :
» L'abondance des champs, la richesse des eaux,
» Et l'amour renaissant au sein d'un doux repos;
» Car il n'est pour lui de plus charmant asile :
» La beauté vive, accorte, à son pouvoir docile,

» Y forme ou rompt cent fois les plus aimables nœuds ;
Son seul devoir se borne à faire des heureux.
» Les soupçons, les regrets, les jalouses querelles
» N'empoisonnent jamais des unions si belles ;
» L'hymen est un lien durable ou passager,
» Et sans crime le cœur a le droit d'y changer.
» Il dit, et son discours frappe, exalte les têtes.
» La jeunesse sur-tout ne rêve que conquêtes ;
» Aveuglément soumise à ce chef captieux,
» Aux foyers paternels elle fait ses adieux.
» La troupe s'arme, part, cingle vers cette terre,
» Et dans son archipel se rallie et se serre,
» A la lueur du mont s'avance dans la nuit,
» Débarque sans tumulte et chemine sans bruit.
» Mozadin, cependant, en son sérail, tranquille,
» Entourait de plaisirs sa jeunesse débile,
» Et dans le changement cherchant la volupté,
» Ne trouvait que le vide et la satiété.

» Un essaim de beautés, miracles de l'Asie,
» Attendaient qu'un coup d'œil marquât sa fantaisie.
» Autour de son divan, ces mortelles houris
» Des talens enchanteurs se disputaient le prix;
» Mais les talens sont nuls pour l'âme desséchée,
» Celle de Mozadin par eux n'est plus touchée :
» Son corps est engourdi, ses esprits sont éteints,
» Et ses sens épuisés de désirs incertains.
» Tous les mets qu'inventa l'art le plus homicide,
» Pour son palais usé n'ont qu'un goût insipide :
» Des roseaux fermentés la brûlante liqueur
» Est pour son estomac sans force et sans chaleur;
» L'appétit, le sommeil à ses vœux sont rebelles,
» Ses jours sont infinis, ses nuits sont éternelles :
» Rien ne peut ajouter à l'horreur de son sort;
» Il déteste la vie et redoute la mort.
» Une sourde rumeur au loin se fait entendre.
» Le palais est cerné : près du roi vient se rendre

» Son plus cher favori, son plus sûr officier,
» Qui lui dit froidement : Vous êtes prisonnier;
» Un puissant ennemi ravit votre couronne,
» Votre peuple l'approuve, et sa voix la lui donne.
» Votre faible parti vient de se révolter ;
» Mais sa perte est certaine, il ne peut l'éviter.
» Malayo se remplit de nombreuses cohortes ;
» Les étendards Malais s'arborent sur les portes.
» A ce coup Mozadin sent renaître en son cœur,
» Par un effort subit, sa première valeur :
» Il se lève soudain, s'arme d'un cimeterre,
» Court vers l'usurpateur rendre guerre pour guerre.
» Quelques amis constans veulent suivre ses pas,
» Aux portes du palais, ils trouvent le trépas.
» Ce sang versé pour lui redouble son courage,
» Son bras veut le venger par un affreux carnage.
» Vains efforts ! on l'entoure ; il est vaincu, blessé,
» Et la main d'un ingrat encor l'a terrassé !

» Il était expirant quand la troupe cruelle
» S'en saisit, le garotte au fond d'une nacelle,
» Que les flots en courroux, battus par l'ouragan,
» Roulèrent au milieu de l'immense Océan.
» A force de souffrir, à ses maux insensible,
» Frappant tous les écueils de cette mer terrible,
» Le hasard à la fin jeta son frêle esquif
» Sur des bords qu'habitait un peuple primitif.

» Une fille charmante, au matin de son âge,
» Se jouant dans les eaux vers lui vint à la nage.
» Voyant un être humain privé de sentiment,
» Elle vole, reprend son léger vêtement,
» Fait de ses longs cheveux un rempart à ses charmes;
» Comme un éclair revole à cet objet d'alarmes,
» Le releve en pleurant, détache ses liens,
» Et soutenant son corps le conduit près des siens.
» Les ornemens du roi, ses blessures mortelles
» Montraient d'un grand malheur des preuves trop réelles.

» Chacun autour de lui s'empressait ; mais, hélas!
» L'infortuné proscrit ne les comprenait pas.
» Il voyait cependant leur accueil doux et tendre ;
» Au ton de la pitié, quel cœur peut se méprendre !
» Il leur tendait la main ; ses regards caressans
» S'efforçaient de répondre aux soins compatissans.
» Le suc des végétaux, recette simple et sûre
» Que pour l'homme en tous lieux, a placé la nature,
» Par la jeune Irilla, déjà sont exprimés,
» Et Mozadin, par eux, sent tous ses maux calmés.
» Un lit formé de joncs, et de mousse sauvage,
» Qu'un épais bananier couvre de son ombrage,
» Le calme qui succède au tumulte des flots,
» De ses sens affaissés provoquent le repos.
» La nuit avait deux fois pâli devant l'aurore,
» Que Morphée en ses bras l'enveloppait encore :
» L'attentive Irilla venait à tout moment,
» Epier de son cœur le faible mouvement ;

» Tout à coup sans effort, il ouvre la paupière,
» Avec ravissement, il revoit la lumière;
» Il ressent les effets d'un bien être inconnu
» Qui dans tous ses esprits soudain s'est répandu.
» Pour la première fois, pour doubler son ivresse,
» L'aiguillon de la faim le tourmente et le presse;
» Plaisir voluptueux, que ne connut jamais,
» Au milieu de son or, l'habitant des palais!
» Dans des vases d'écorce, Irilla lui présente
» La banane sucrée et l'igname fumante (16 et 17),
» La conque où naît la perle et le buccin doré (18 et 19),
» Le nautile d'albâtre et le murex pourpré (20 et 21).
» Avec le temps, les soins, ses facultés renaissent;
» Les fleurs de la santé, sur son teint reparaissent.
» Ce bon peuple témoin de son heureux retour,
» Par des jeux et des chants solennise ce jour :
» L'amitié commença ce que l'amour achève.
» Mozadin, du passé, bannit le triste rêve.

» Il est régénéré ; son unique désir
» Est d'habiter ces lieux, d'y vivre et d'y mourir.
» Ce n'est plus ce monarque ivre d'incontinence,
» Traînant le lourd fardeau d'une oisive existence ;
» C'est un mortel actif, sensible, un homme enfin !
» Qui découvre qu'un cœur palpite dans son sein.
» D'Irilla, de l'amour, ce prodige est l'ouvrage ;
» Ce dieu, pour s'exprimer, dédaigne le langage,
» Cet art ingénieux, de tous le fondement,
» Mais à qui n'eut recours jamais le sentiment.
» Sur la beauté sans fard, pudique et presque nue,
» Sans danger, le monarque ose jeter la vue :
» Du véritable amour, miraculeux effets !
» Captivé tout entier, ses sens restent muets.
» Feux brûlans et sacrés ! que la vertu tempère,
» Comment vous comparer à la flamme éphémère
» Dont le factice éclat, sans vie et sans couleur
» Sait consumer le corps sans échauffer le cœur ?

» Mozadin la retrouve avec de nouveaux charmes.
» Du plus ancien des chefs il a reçu des armes,
» Un javelot, un arc, des flèches, un carquois,
» Et le titre de fils d'une commune voix.
» Dans chacun de ses traits, même dans son silence,
» Sont empreints les transports de la reconnaissance.
» Il prend la main du chef, la pose sur son cœur,
» Qui par ses battemens répond à cet honneur.
» Adopté par le peuple, il choisit sa compagne;
» A la chasse, à la pêche, Irilla l'accompagne.
» Dès l'aube matinale ils jettent leurs filets,
» Et le soir, aux oiseaux, ils vont tendre des rets.
» Vers le milieu du jour ils suivent le rivage,
» Pour détacher des rocs le brillant coquillage,
» Dont la nacre d'argent, mariée au vermeil,
» Réfléchit tous les feux que lance le soleil.
» Lorsque parfois le vent agite l'air et l'onde,
» Qu'il repousse le flot sur la plage et l'inonde,

» Ils dirigent leurs pas vers un bois de palmiers,
» Pour recueillir les fruits qui tombent les premiers :
» Quelques-uns, quoique mûrs, moins rapprochés du faîte,
» Garantis l'un par l'autre, ont bravé la tempête.
» Irilla, qui les voit, avec un ris badin,
».A monter les cueillir, invite Mozadin ;
» Il est troublé, confus : ce n'est point à Ternate,
» Où dans son inertie, et molle et délicate,
» Craignant de succomber au moindre des efforts,
» Il a pu maintenir l'agilité du corps.
» Irilla d'un coup d'œil, voit ce qui l'embarrasse,
» Vole vers le palmier, légèrement l'embrasse,
» Prompte comme l'éclair s'élève à son sommet,
» Cueille, jette les fruits, et descend comme un trait.
» Mozadin, jeune et fier, s'indigne dans son âme
» D'être honteusement vaincu par une femme.
» Aux yeux de ce qu'on aime, il est dur de rougir !
» L'amour qui l'a changé, pourrait-il le trahir ?

» Non : contre son pouvoir, qu'est ce léger prodige ?
» Fort de cette assurance, à cette même tige
» Il s'élance, et bientôt de l'arbre atteint le front.
» L'amour, de la nature, a réparé l'affront !
» Avec émotion, son amante l'observe :
» La récompense est prête, elle la lui réserve ;
» C'est un chaste baiser, prix des plus grands exploits !
» Et que donne Irilla pour la première fois.

» Dans ces jeux prolongés le jour fuit, et les ombres
» Sous le cintre des bois jettent leurs voiles sombres.
» Auprès de leurs amis, ces amans rappelés,
» Vont au repas du soir, qui les voit rassemblés.
» Les biens sont en commun, c'est un peuple de frères ;
» Au reste des humains leurs lois sont étrangères :
» Sous leur ciel ignoré, le propice destin
» Ne conduisit jamais d'homme que Mozadin.
» Ces lois, purs mouvemens qu'inspire la nature,
» Ont l'équité pour base, et cette base est sûre.

» Avant soi, chacun pense à la société :
» L'égoïsme naquit de la propriété.
» Bientôt, en folâtrant, le couple s'achemine
» Sous un sentier couvert qu'un beau vallon termine.
» C'est là que Mozadin, chaque soir, à son tour,
» Met aux pieds des vieillards son offrande du jour.
» Les soins et les travaux concernent la jeunesse
» Qui protége l'enfance et soutient la vieillesse.
» Noble institution ! dont s'honorent ces lieux ;
» Les vieillards révérés y sont égaux aux dieux.
» Quel splendide festin, dans un palais superbe,
» Vaut ce repas frugal qu'ils vont prendre sur l'herbe ?
» Ce repas, dont la paix, la douce égalité,
» Retracent l'âge d'or et sa félicité.
» La primauté du rang, là, n'est point illusoire,
» C'est le prix mérité que l'on donne à la gloire :
» Si l'on y voit briller quelque distinction,
» C'est un signe certain d'une grande action.

» Il est des monts à pic qui bornent ces parages,
» Dont les sommets aigus divisent les nuages,
» Et la céleste main qui créa l'Univers,
» Posa leurs fondemens dans l'abyme des mers.
» Dans les flancs caverneux de ces hardis colosses,
» Vivent, au sein des nuits, des animaux féroces,
» Qui, pressés par la faim, de ces monts redoutés,
» Comme un torrent fougueux, fondent de tous côtés;
» Leurs affreux hurlemens font retentir les roches,
» Et du danger commun décèlent les approches.
» A ces lugubres sons, chacun s'arme de dards
» Pour tenter d'un combat les périlleux hasards.
» La lutte s'établit : à la fureur, la rage,
» L'homme oppose à la fois, l'adresse et le courage;
» Il connaît le danger, l'évite prudemment :
» La valeur est tranquille et sans emportement.
» L'animal aveuglé par sa propre furie,
» Va tomber sous les coups d'une main aguerrie;

» Le dard vole en sifflant se plonge dans son cœur :
» Sa dépouille conquise est le prix du vainqueur.
» Il revêt à jamais cette marque honorable ;
» Elle est de ses exploits la preuve irrécusable.
» Tous ceux qui par la crainte ont été retenus,
» Ont le sceau de la honte en restant toujours nus.
» Que la gloire a d'appas ! que ses suites sont belles !
» A sa sublime voix, vous, qui fûtes rebelles,
» De vos jours obscurcis vous traînerez le faix :
» Sans la guerre sent-on les douceurs de la paix ?
» Sans droits et sans espoir, à la fleur de votre âge,
» Le pain de la pitié sera votre partage.
» Si la crainte n'est pas un crime aux yeux des lois,
» Le mépris qu'elle entraîne est plus dur mille fois ;
» Cette hydre incessamment vous poursuit à la trace,
» Il vous ferme les cœurs, les refroidit, les glace.
» Voyez, à votre aspect, vos frères belliqueux,
» Se porter à l'écart, se réunir entr'eux.

» Dans ce repas civique, où le soir vous rassemble,
» Vous êtes séparés, même en étant ensemble ;
» Les projets des vieillards, l'œil froid de la beauté
» Vous ramènent sans cesse à votre nullité.
» Dans l'opprobre et l'oubli vous vous sentez éteindre ;
» Votre sort misérable est cent fois plus à plaindre
» Que celui des oiseaux nés sur des sols ingrats,
» Et qui pour subsister, de climats en climats,
» Vont mendier, hélas ! leur chétive pâture.
» Sans foyers, sans soutiens, dans la vaste nature,
» Eux sont toujours errans, poursuivis, passagers ;
» Vous ! sur le sol natal, vous êtes étrangers.
» Le jeune Mozadin, noble autant que sensible,
» De l'homme dégradé voit l'exemple terrible.
» Il cherche avec ardeur quels seraient les moyens
» Qui rendraient l'existence à ses concitoyens.
» Le ciel semble sourire à son but magnanime,
» Et se plaît à servir le transport qui l'anime.

» Tout à coup dans les airs un affreux sifflement,
» Sorti du fond d'un bois, arrête l'enjoûment.
» Les femmes, les enfans, de terreur en pâlissent,
» Des braves éprouvés, les cheveux se hérissent.
» C'est un reptile impur, c'est un monstre géant,
» Qu'enfanta le marais, rebut de l'Océan.
» Son corps livide et gris, froid à l'égal du marbre,
» Trompe l'œil étonné, lui figurant un arbre
» De rameaux dépouillé (22), gisant dans sa longueur,
» Que trancha de sa faux l'aquilon destructeur.
» Après un court instant de surprise et d'alarme,
» Pour repousser le monstre, à l'envi chacun s'arme.
» Tombant aux pieds du chef, qui daigna l'adopter,
» Mozadin, par faveur, demande à le dompter;
» D'un éloquent discours il ne peut faire usage,
» Les signes expressifs remplacent le langage!
» Ses yeux étincelans respirent la valeur;
» Il voudrait acquitter la dette de son cœur.

» Il l'obtient ; prend en mains un dard, une massue,
» Et sur les réprouvés jetant soudain la vue,
» D'un signe impérieux les a tous rassemblés:
» A ce commandement, leurs sens émus, troublés
» De surprise, d'effroi, de crainte, d'espérance,
» D'une commotion ressentent l'influence.
» De la volonté ferme, ô sublime pouvoir!
» Ils volent aux dangers sans entendre ni voir.
  » Si l'on vit Régulus (*) aux plages africaines
» Quand il guidait l'essor des légions romaines,
» Contraint pour terrasser un serpent monstrueux,
» D'employer les efforts de ces bras valeureux;
» Au danger, Mozadin, bien plus que lui s'expose;
» Il doit encor douter de la métamorphose :
» Mais son mâle courage est son premier recours,
» Et ce n'est pas pour lui qu'il tenta ces secours.

(*) Lisez la dernière note du chant.

» Il règle son attaque en général habile.
» Du monstre, en ce moment, le marais est l'asile :
» Dans la vase il s'ébat, la sillonne en rampant ;
» Les airs sont infectés de l'odeur qu'il répand.
» Tantôt son corps franchit un immense intervalle ;
» Tantôt il se contourne en horrible spirale.
» Il meut son dard de feu sans relâche et sans fin,
» Et siffle en écumant, prélude de sa faim.

» Déjà par Mozadin, la troupe partagée,
» En rayons divergens, se voit bientôt rangée ;
» De leur réunion se forme un point central,
» D'où Mozadin placé doit donner le signal.
» Des derniers feux du jour la lueur défaillante,
» Fait place au vif éclat de la lune brillante,
» Dont le disque d'argent plane sur le marais,
» Et scintille à travers le dôme des forêts.
» Mozadin part du centre, avec dessein s'avance :
» Le reptile le voit, se déploie et s'élance

» Contre le fer aigu qui doit ouvrir son sein:
» L'arme reçoit le choc, et se brise soudain.
» Lors, le signal éclate, et la troupe qui guette,
» Au monstre, en se joignant, vient couper la retraite.
» Mozadin se débat contre un arbre appuyé,
» Par les anneaux du monstre, à l'arbre il est lié.
» Il ne peut respirer; le terrible reptile,
» Le serrant, a rendu tout son corps immobile.
» Mais cent dards à la fois du monstre ouvrent le flanc;
» Il tombe en lourde masse et nage dans son sang.
» Cet ennemi vaincu n'est que plus redoutable;
» En vain de mille coups on l'attère, on l'accable;
» Il poursuit, il se dresse, il renverse, il abat,
» Il s'épuise, et sa mort termine le combat.
» On le traîne au vallon, où la troupe sanglante,
» Aux yeux des chefs surpris, fièrement se présente.
» Chacun voudrait presser Mozadin sur son cœur;
» Quel trésor peut payer le retour de l'honneur!

» Mères qui rougissiez, levez enfin vos têtes!
» Le premier pas franchi, les autres sont des fêtes.
» De vos fils renaissans, s'enorgueillit le front,
» Et ce sang qui les couvre a lavé leur affront.
» Qui pourrait d'Irilla, peindre l'heureux délire !...
» Non, les grands sentimens ne peuvent se déorire
» Après un long silence, où l'admiration
» Arrête de son cœur la palpitation,
» Elle court, tend la main à son amant, son maître :
» Elle est à toi, dit-elle, ainsi que tout mon être!
» C'est devant ce conseil, du peuple révéré,
» Qu'à jamais Irilla t'en fait le don sacré!
» Monarque infortuné, de quelles jouissances,
» T'avaient privé le trône et tes intempérances.
» Dans le sein des grandeurs, réduit à végéter,
» Tu ne connaissais pas le plaisir d'exister!
» Tes désirs satisfaits, presqu'avant que de naître,
» Rencontraient le dégoût, qui les fait disparaître.

» De tes feux, à l'amour, compare le transport,
» Il te donne la vie, ils te donnaient la mort!
» Les cœurs étaient soumis au joug de ta puissance,
» Ils te sont dévoués par la reconnaissance.
» Tu ne tiens plus ton rang d'un père d'un aïeul,
» Ton sort est ton ouvrage, il n'est dû qu'à toi seul!
» Bientôt le doux hymen, âme de la nature,
» Unit ces deux amans, de sa main libre et pure.
» Tout le peuple attendri, jouit de leur bonheur,
» Et pour remercier son nouveau défenseur,
» Préparant de l'estime une marque publique,
» Met sur le front d'un roi, la couronne civique!
» Témoignage certain, des exploits éclatans,
» Diadème à l'abri des revers et du temps.
» Cinq ans sont écoulés depuis que l'hymenée,
» De ce couple, a tissu la chaîne fortunée.
» Sur la plage des mers, seul assis, Mozadin,
» A ses filets rompus, travaillait un matin;

» Il porte ses regards.... ô surprise effrayante !
» Un vaisseau de Ternate à ses yeux se présente.
» Il croit qu'un rêve affreux abuse ses esprits.
» On aborde... on descend... Dieux ! Irilla ! mes fils !
» Dit au fond de son cœur, le défiant monarque.
» Il détourne ses pas. L'équipage remarque
» Un homme, à son aspect, saisi d'un grand effroi.
» On le joint, on l'arrête... Ô mon maître ! ô mon roi !
» S'écrie avec transport celui qui l'envisage,
» Je te retrouve donc en ce désert sauvage;
» Tous nos maux sont finis : je bénis le destin
» Qui d'écueils en écueils nous conduit par la main.
» Depuis un lustre entier, errans à l'aventure,
» Nous te redemandons à toute la nature;
» Viens rendre à ses sujets le plus aimé des rois :
» Ton pays repentant s'explique par ma voix.
» D'un vil usurpateur Ternate est délivrée,
» Par la guerre intestine elle était déchirée.

» Un trône est quelquefois facile à conquérir,
» C'est la seule vertu qui sait le maintenir !...
» Tu ne nous réponds point...; tu détournes la vue;
» Ton âme, de nos pleurs, n'est-elle point émue?
» Nos crimes par nos maux sont assez expiés;
» Pardonne! ou tu nous vois expirer à tes pieds.

» Il n'est plus temps; fuyez : ici tout vous expose,
» Dit le monarque ému, dont la voix se compose.
» Par mon peuple banni des lieux où je suis né,
» J'ai changé de patrie et j'y suis enchaîné :
» Le sort m'y conduisit à travers mille obstacles:
» Notre rapprochement est l'un de ses miracles;
» Il l'opère sans doute afin de m'éprouver;
» Mais je suis fier du lot qu'il sut me réserver!
» D'un superbe néant j'ai connu la misère;
» Je suis heureux époux! et je suis heureux père!
» Mon peuple envers mes torts s'arrogea de vains droits:
» Dieu seul a le pouvoir de condamner les rois!

» C'est lui qui sur leur front pose le diadème ;
» Il peut, quand il lui plaît, le reprendre de même.
» C'est lui qui sur ce peuple appesantit son bras :
» Le malheur tôt ou tard accable les ingrats !
» Si le remords sincère est entré dans votre âme,
» D'un juste repentir si vous sentez la flâme,
» Faites en ma présence un fidèle serment
» Qui m'assurera mieux de votre dévouement :
» C'est le profond secret de votre découverte,
» Et que jamais Ternate à mes regards offerte,
» Dans l'avilissement ou la prospérité,
» Ne trouble mon repos par sa témérité.
» La couronne à mes yeux a perdu tous ses charmes ;
» J'abandonne un bonheur si voisin des alarmes :
» Le sort des rois séduit, on peut bien l'admirer ;
» Mais quand on le connaît peut-on le désirer !
» J'ai comparé ces biens, illusion des hommes,
» A ceux qui sont réels sur la terre où nous sommes :

» Les vrais sont le travail, l'amour, la liberté,
» Tu les renfermes seule, *ô médiocrité !*...
» La nuit couvre les cieux de sa robe d'étoiles,
» Du vaisseau le zéphyr a déployé les voiles;
» Il part : et Mozadin, de lui-même vainqueur,
» Vole auprès d'Irilla rasséréner son cœur. »

FIN DU CHANT PREMIER.

NOTES

DU CHANT PREMIER.

Pour contenir le crime, il établit des lois,
Et pour l'absoudre encore il réserve sa voix.

(1) Tout le monde connaît ces sublimes paroles de Louis XVI :

« *On m'a ôté le plus bel apanage de la royauté,*
» *le droit de faire grâce au coupable.* »

« On dit que Mozadin, jeune roi de Ternate. »

(2) Ternate, île de la mer des Indes, dans l'archipel des Moluques et la principale. Son sol est boiseux, rempli de montagnes, dont la plus élevée est remarquable par un volcan terrible, sur-tout dans le temps des équinoxes. La mer y est très-poissonneuse ; les bois abondent en gibier, noix de coco,

orangers, citrons, cédrats, amandes, gérofle, etc.; les naturels sont fort paresseux, vivent long-temps et ne peuvent comprendre comment on peut se donner tant de peine pour se procurer les avantages de la vie. Ils sont Mahométans. La résidence du roi est à Malayo.

» Fut jadis détrôné par un chef de Maratte.

(3) Marattes, peuples de la presqu'île du Gange, redoutables aux Mogols par leurs continuels brigandages. Ils préfèrent le butin aux fruits du travail, et leur armée ressemble à un orage qui renverse tout ce qu'il rencontre. (DICT. GÉOGR.)

» Qui, fuyant d'Orixa, tout souillé de forfaits,
» S'était depuis long-temps fixé dans le Malais.

(4) Le Malais, péninsule ou Chersonèse de la mer des Indes, dans le détroit de la Sonde, et qui renferme les royaumes de Patane et de Yohor; Malaca en est la capitale. Les Malais sont actifs, passionnés pour la navigation, la guerre, et sur-tout le pillage et les aventures galantes. Ils parlent sans cesse de leur honneur; cependant il n'est point de peuple plus traître et plus féroce. Il est défendu aux vais-

seaux qui abordent ces parages de n'embarquer aucun indigène sans le cas d'une extrême nécessité, et le nombre ne doit pas excéder trois ou quatre par navire. Ils sont audacieux, entreprenans, et bravent les périls certains. Il n'est pas rare de voir une barque de vingt-cinq ou trente Malais attaquer un bâtiment de quarante canons et s'en emparer après avoir massacré l'équipage. (DICT. GÉOGR.)

« A quoi sert, disait-il, que le père du monde
» Ait rendu votre terre en richesses féconde. »

(5) Selon l'autorité d'Hamilton, on trouve beaucoup d'or dans la rivière qui prend son cours près de Malaca. D'autres prétendent qu'on n'y trouve que de l'étain, qu'ils supposent encore venir de Banka.

« Vos mines, vos travaux pour vous seuls ne sont rien. »

(6) Mines. Malaca, selon quelques auteurs, était la Chersonese d'or des anciens : une assertion doit être fondée sur quelques bases solides, un doute est au moins revêtu d'une lueur d'apparence. Comment se fait-il que l'on ne trouve plus nulles traces de cette richesse, excepté ce sable d'or, qui est encore contesté ? Ne serait-il pas naturel de présumer que cette

fameuse Chersonèse était le Pégu, où les rivières roulent de l'or; tous les sables en sont imprégnés. Suivant le colonel *Symes*, on trouve au Pégu des mines d'or, d'argent, de rubis, de saphirs, etc. Ne serait-il pas probable que la péninsule était comprise dans la seule dénomination de Chersonèse d'or? puisque *Marco Polo*, qui semble avoir connu Sumatra, sous le nom de *Java-Minor*, ne parle point de Malaca, à moins que ce ne soit sa *Maletur*, où il dit qu'il y a une grande quantité d'épices, une langue particulière; mais cela ne constitue pas la Chersonèse d'or.

« Et quand de leur produit vous voyez l'Indien,
» Consolider ses ports, étendre son commerce,
» S'approprier par lui le luxe de la Perse. »

(7) La position avantageuse de Malaca la rendait jadis très-importante pour le commerce de l'Inde et de la Chine. Yohor, ville située sur son détroit, fait jusqu'à ce jour un grand négocc de pierreries.

« Ne briserez-vous point d'odieuses entraves?
» Soyez hommes enfin, et cessez d'être esclaves! »

(8) Une faible partie de la nation malaise vit indépendante, sous le titre d'oramcai (ou nobles),

tandis que le corps de la nation est composé d'esclaves, et gémit sous le joug d'une chaîne perpétuelle.

« L'équateur de ses feux embrase en vain cette île. »

(9) Ternate est sous la ligne.

« D'un volcan, c'est à tort que l'on vous épouvante,
» Il constate des dieux la bonté prévoyante. »

(10) Selon le système ingénieux de M. Patrui, système généralement adopté aujourd'hui, différens gaz enflammés par le fluide électrique, forment, avec le sel et l'eau décomposée, toutes les matières que lancent les volcans.

Toutes les montagnes volcaniques sont sur les bords de la mer. C'est de là qu'elles tirent les élémens de leurs feux. Ces feux s'éteignent à mesure que par la révolution des temps la mer s'éloigne des montagnes.

Une partie des gaz, soit hydrogène, soit oxygène, soit azote, soit carbonique, etc., s'enflamme et se dissipe dans l'air ; l'autre partie se condense en laves. Les eaux de la mer se décomposent ainsi que le sel.

C'est aux volcans que nous devons la conservation des mers.

La surface de la Méditerranée, sept fois plus grande que celle de la France, laisse évaporer une quantité d'eau bien supérieure à celle qu'elle reçoit par les rivières qui se jettent dans son sein ; elle eût donc été bientôt desséchée, si, comme l'observe Buffon, l'Océan ne lui fournissait une immense quantité de sel, qu'on peut évaluer à la trentième partie de leur poids. Ce sel, n'étant pas emporté par l'évaporation, comblerait en peu de siècles le bassin de la Méditerranée, si la nature, qui, la balance à la main, sait maintenir partout un merveilleux équilibre, n'avait placé là deux volcans, l'Etna et le Vésuve, pour absorber et décomposer la quantité surabondante de ce sel ; de même qu'elle a placé des volcans dans l'Archipel pour absorber et décomposer celui que le courant du Bosphore apporte dans la mer Noire.

Le créateur s'est donc servi d'énormes gouffres de feu pour nous conserver les eaux qui arrosent, qui fertilisent la terre ; et c'est aux volcans que nous devons l'existence de la Méditerranée et de la mer Noire.

» Du verdoyant azur viennent ternir la glace. »

(11) Il me semble qu'il y a dans l'eau de la mer presqu'autant de vert que de bleu, et que la dénomination de *plaines azurées* n'est pas absolument satisfaisante.

« Et le feu séparant leurs principes divers,
« En laves transformés, les lance dans les airs. »

(12) Voyez la note du volcan, pag. 62.

« Ou pour calmer la faim d'un lait plus nourrissant. »

(13) Le lait que renferme la noix de coco.

« Et l'arbuste onctueux qui porte l'aromate
» Que l'Europe empressée achète au poids de l'or. »

(14) Le gérofle.

« Ornent de Malayo le somptueux palais. »

(15) Malayo est la capitale de l'île de Ternate.

« Dans des vases d'écorce, Irilla lui présente
» La banane sucrée. »

(16) La banane ou figue-banane se mange crue : sa chair est délicate et fondante ; on la distingue du fruit du plantanier, qui se mange cuit sous la cendre, par le surnom de Bacove.

« Et l'igname fumante. »

(17) Racine qu'on fait cuire dans l'eau ou sous le cendre, et dont on fait usage en place de pain : il y en a de plusieurs genres.

« La conque où naît la perle. »

(18) L'huître perlière. Les naturalistes français, jusqu'à Bruyère, ont employé le mot *conque*, pour désigner les coquilles de la classe des bivalves, lorsqu'on voulait les considérer en général. Aujourd'hui on n'en fait plus usage, et certainement on a tort, car il est plus simple que les deux mots *coquilles bivalves* qu'on leur a substitués.

« Et le buccin doré. »

(19) Buccin, coquillage univalve commun à toutes les mers, quoique le mot générique soit le même, les classes en sont très-nombreuses. Les plus délicats ont la chair d'un jaune foncé.

« Le nautile d'albâtre. »

(20) « Mais c'est au retour du printemps, lorsque » la volupté règne sur l'univers, que les abymes of- » frent les spectacles les plus enchanteurs. Le prin- » temps n'est pas seulement la fête de la nature, il

» n'embellit pas seulement les bocages, l'oiseau qui » chante sous la feuillée, et le quadrupède qui erre » dans les forêts ressentent son influence délicieuse » qui se répand jusqu'au fond des eaux. Il ranime les » poissons, les mollusques, les insectes; les pénètre » d'une douce joie, les guide vers leurs amantes, et les » avertit par l'amour, du renouvellement de la nature; » alors mille coquillages sortent de leurs retraites, » quittent les flots orageux, s'avancent sur les dunes » sablonneuses ou vers les îles fleuries. On les voit se » réunir par famille, se jouer à la surface des ondes, » nager rapidement, s'atteindre, s'éviter et se re» joindre encore, tandis que sur les rivages débar» quent les flottes charmantes des univalves, qui » paissent l'herbe tendre et nouvelle, jouissent de » la lumière d'un soleil créateur, et déposent sur la » grève les fruits de leurs singuliers amours.

» Alors, dans un temps calme, on aperçoit sur la » Méditerranée les navires du léger nautile qui vo» guent çà et là en se jouant sur les flots. Chaçun » déploie une fine membrane qu'il présente au » souffle du zéphyr, et qui lui sert de voile; deux » bras la soutiennent, deux autres servent de gou» vernail au petit vaisseau, et les deux derniers lui » tiennent lieu de rames. Ainsi, poussé par une brise

» légère, le coquillage, à la fois rameur, matelot » et pilote, traverse les vastes déserts d'eau, visite » les plages lointaines, et sa vie entière fait un voyage » charmant. Ne craignez pas qu'il soit surpris par » la tempête ; à peine il sent son approche, qu'on » le voit replier ses voiles, rentrer son gouvernail, » submerger sa coquille et tomber par sa pesanteur » au fond de la mer, d'où il s'était élevé par sa » légèreté. Cependant le calme renaît ; les vents » sont apaisés, comment remontera-t-il sur le » sein de la mer ? Sa coquille, plus pesante que » le même volume d'eau, semble destinée à ram- » per sur le sable ; mais que la nature est fertile » en inventions ! notre petit navigateur n'est pas » seulement habile pilote, il est encore habile phy- » sicien ; il va tourner sa coquille, se tapir dans le » fond, s'avancer peu à peu en chassant l'eau et fai- » sant le vide ; puis il s'élevera dans les flots, comme » un aérostat dans l'atmosphère, par sa légèreté spé- » cifique. Le voyez-vous reprenant le cours de sa » navigation, tendant sa voile, sortant ses avirons, » dirigeant son gouvernail et glissant légèrement sur » la surface du gouffre où vous l'avez cru enseveli ?

(RAIMOND, p. 175. Ouvrage de M. AIMÉ MARTIN).

« Et le murex pourpré. »

(21) Murex, ou rocher, genre de testacées de la classe des univalves : c'est ce coquillage qui fournissait la pourpre aux anciens et qui comme mets était fort estimé d'eux.

« C'est un reptile impur, c'est un monstre géant,
» Qu'enfanta le marais, rebut de l'Océan.
» Son corps livide et gris, froid à l'égal du marbre,
» Trompe l'œil étonné, lui figurant un arbre
» De rameaux dépouillé, etc.

(22) Le boa-devin est parmi les serpens, ce qu'est l'éléphant et le lion parmi les quadrupèdes. Il surpasse les animaux de son ordre, par sa grandeur, comme le premier, et par sa force comme le second. C'est sans doute à lui qu'il faut rapporter ces serpens gigantesques dont parlent quelques voyageurs, serpens qui avalent des hommes plus facilement que les couleuvres de nos pays n'avalent une souris. C'est sans doute à lui qu'il faut encore rapporter ce serpent qui arrêta, sur les côtes d'Afrique, l'armée romaine, commandée par *Régulus,* et contre lequel ce général fut obligé d'organiser une attaque régulière qui coûta la vie à un grand nombre de soldats.

Le boa-devin fait sa proie des grands quadrupèdes, comme cerfs, gazelles, taureaux, quelquefois même du tigre et du lion. *Eleyrius* rapporte avoir ouvert dans les Indes trois de ces serpens, et d'avoir trouvé dans l'un un cerf, dans l'autre un bouc avec ses grandes cornes, et dans le troisième un porc-épic avec ses piquans. Le même décrit le terrible combat d'un boa contre un buffle. On pouvait entendre à une portée de canon le craquement des os de cet animal, brisés par les efforts du boa. Comment, en effet, observe *la Treille* dans son *Hist. nat. des reptiles*, résister à un animal qui, ayant trente pieds de long, se roule autour de vous, applique si intimement la surface de son corps contre le vôtre, vous presse avec des muscles si roides sur tant de points, paralyse toutes vos forces en empêchant l'action de vos bras, de vos mains, de vos pieds, et par conséquent des armes que la nature ou l'art vous donnent? Comment n'être pas étouffé, écrasé, moulu par la puissance de tant de leviers qui agissent à la fois sur toutes les parties de votre corps? Ajoutez à cela que vous êtes au milieu d'une atmosphère pestilentielle, l'haleine de ce serpent corrompant à une certaine distance l'air qui l'environne; que votre imagination effrayée à la vue de ce monstre, dont la gueule est béante, qui vous montre ses grandes dents, qui répand sur vous une bave écumante et fétide, vous prive des ressources que la réflexion pourrait vous fournir; et comme si ce terrible agresseur n'avait pas assez de force en lui-même pour vous détruire, il se sert des arbres, des blocs de pierre qui sont à sa portée, comme de point d'appui pour vous écraser plus facilement entr'eux et ses replis. Manque-t-il sa proie du premier bond, rien ne peut l'arrêter dans sa poursuite; il s'élance avec la rapidité d'un trait; il rampe avec la plus grande vîtesse, franchit d'un saut un espace considérable, nage comme un poisson, grimpe au sommet des plus grands arbres; ce n'est qu'en faisant de fréquens détours, en se cachant derriere des arbres, des buissons, etc., etc. qu'on peut lui échapper. (NOUV. DICT. D'HIST. NAT.)

FIN DES NOTES DU CHANT PREMIER.

LE BONHEUR DE LA MÉDIOCRITÉ,

POËME.

CHANT SECOND.

L'AMBITION COMPARÉE AU BONHEUR DE LA MÉDIOCRITÉ.

La folle ambition perdra toujours le monde,
C'est sur la vanité que son pouvoir se fonde ;
Et tel qui bénissait aujourd'hui le destin,
S'il voit plus haut que lui murmurera demain.

Quand une fois son feu s'est glissé dans les veines,
Pour l'éteindre on ne prend que d'inutiles peines.
L'effet de ce subtil et dangereux poison
Est de ronger le cœur, de troubler la raison.
Pour rester dans sa sphère, il faut avec sagesse
Envisager l'éclat sans que l'éclat nous blesse;
Se contenter du lot qui nous est départi,
Tenir à son état son esprit assorti.
Peu d'hommes, il est vrai, se trouvent à leur place,
L'impérieux besoin dans ses rets les enlace:
Le mérite souvent vit et meurt inconnu,
Tandis qu'à ses côtés l'intrigant parvenu,
Sorti, par accident, de la classe commune,
Usurpe les faveurs de l'aveugle fortune.
« On est tenté de dire en voyant ces travers:
» Le hasard est le dieu qui régit l'univers. »
Car si sa main, parfois, au mérite propice,
Le plaçant au grand jour, venge son injustice,

Que d'hommes condamnés à l'éternel oubli
Dont le talent, comme eux, demeure enseveli,
Se traînant sans espoir dans un chaos immense
Qui blesse les regards par son incohérence.

Dans cette obscurité, cette confusion
Chemine, en serpentant, la souple ambition
Sur le mont escarpé, dans le noir précipice,
Affrontant le péril, elle rampe et se glisse.
La bourbe des marais ne l'épouvante pas,
Elle tourne l'écueil qui s'oppose à ses pas:
Fixe sur son objet, s'armant de patience,
Elle attend tout du temps, de l'ombre et du silence;
Et quand la modestie hésite, doute enfin,
Elle augmente d'audace et poursuit son chemin.
Non que l'ambition soit toujours condamnable,
Il en existe deux, une seule est louable.
C'est celle dont l'honneur se pare à découvert,
Celle dont le sentier à tout homme est ouvert.

Prétendre à s'élever, par un droit légitime,
Ne peut être taxé ni d'orgueil, ni de crime;
En vertus, en talens, surpasser ses rivaux,
En gloire, travailler à n'avoir point d'égaux,
Recevoir les faveurs que le destin nous donne
Lorsque son choix est juste et n'afflige personne;
En jouir sagement malgré les envieux,
Ce ne sont point les faits de l'être ambitieux;
C'est l'élévation de l'esprit et de l'âme;
Étouffer ces élans serait digne de blâme.
Il est beau, sans secours d'or, de nom, ni de sang,
D'être grand par soi-même, et non point par le rang.
En donnant aux humains le génie en partage,
Le ciel leur prescrivit d'en faire un noble usage;
Le céler dans sa vie et le clore au cercueil
Seraient des torts plus grands que les torts de l'orgueil;
L'un reçut le courage et l'autre la prudence,
Un troisième le don d'agrandir la science;

En tout temps la patrie, et les lois et les arts
Reposent à l'abri de ces fermes remparts ;
Eh ! qui peut se méprendre à ce motif sublime
Qui guide les transports d'un guerrier magnanime :
L'ardeur avec laquelle il s'expose aux combats
Ne serait que l'espoir d'illustrer son trépas ?
Il ne rechercherait que la commune gloire
D'ajouter une ligne aux fastes de l'histoire ?
Non ! les grands sentimens dont il est agité,
Son amour pour son roi, sa tendre humanité,
Cet oubli généreux qu'il fait de tout son être,
Pour le sacrifier aux intérêts d'un maître ;
Et ce loyal secours, cet appui du plus fort
Qu'il accorde au plus faible écrasé par le sort,
Son dévouement sans borne, au seul nom de patrie,
Ce cercle de péril, ce vague de sa vie,
De l'héroïsme pur sont les mâles effets :
La sèche ambition ne les connut jamais !

Digne Montebello! telle fut ta carrière,
Lorsqu'aux champs de l'honneur tu perdis la lumière,
Deux sentimens rivaux se disputaient ton cœur :
L'amour, pour l'entraîner, en despote, en vainqueur
Présentait à tes yeux une épouse éplorée,
Au milieu de ses fils au désespoir livrée.
La patrie à son tour par ses gémissemens
Réclamait tous ses droits à tes derniers momens;
Par elle ta grande âme enchaînée, asservie
Fut au jour de ta mort l'image de ta vie.
A ses accens l'amour prompt à s'évanouir
Lui céda son triomphe et ton dernier soupir.

Et vous, soutiens des lois, trésors de confiance!
Aux mains desquels Thémis a remis sa balance,
Épouvante du crime, amis de la vertu,
Qui savez relever l'innocent abattu;
Vous qui dans une route obscure et tortueuse
Où rampe du pervers la fourbe insidieuse,

Victorieusement répandez la clarté
Du flambeau de l'auguste et sainte vérité,
Quel esprit assez bas, quelle âme envenimée
Vous prêteraient pour but la froide renommée ;
Et par erreur grossière ou lâche passion
Oseraient vous nommer près de l'ambition ?
Malsherbes ! l'univers vous cite pour exemple :
Vous à qui l'amitié doit ériger un temple,
Vous, la gloire du monde et l'amour des humains,
Qui sûtes ébranler le glaive dans les mains
Des féroces tyrans, honte de la nature,
Et dont le nom doit être une éternelle injure,
Parlez ! quel sentiment embrasa votre cœur ?
Le désir de briller en moderne orateur ?
Était-ce un titre, un rang, qui tentaient votre envie
Dans un temps où paraître était une infamie !
Où de l'humanité le dangereux effort
Ne pouvait espérer d'autre prix que la mort !...

Non ! votre siècle est juste, et votre bienfaisance
De vos contemporains aura sa récompense ;
Par nos derniers neveux votre nom répété
Frappera les échos de la postérité.
 Dois-je encor appeler une preuve à mon aide,
Je nomme Lavoisier, Lalande et Lacépède.
Astres dont la lumière et le cours radieux
Nous dévoilent les mers, et la terre et les cieux,
Sans vous, sans vos travaux, si justement célèbres,
Nous marcherions encor dans d'épaisses ténèbres,
Quand, pour les éclairer secondant vos projets,
La nature à vos yeux découvrit ses secrets.
Naguère l'univers n'était rien qu'un problème,
Et l'homme l'ignorait en s'ignorant lui-même :
Automate orgueilleux sur ce globe jeté,
Il errait en aveugle au sein de la clarté ;
Il regardait sans voir, écoutait sans entendre :
Par la présomption s'étant laissé surprendre,

Des miracles du monde indifférent témoin,
Il pensait que le ciel exprès avait pris soin
D'accumuler l'essaim de l'animale espèce,
Pour flatter ses penchans ou nourrir sa molesse :
Ingrat pour les objets qui servaient ses desseins,
Ils n'avaient de sa part que les plus froids dédains.
Roi, despote sans frein, son bras impitoyable
Semait partout la mort pour lui si redoutable :
Depuis que vos leçons ont dessillé ses yeux,
Il ne se croit plus seul le chef-d'œuvre des dieux.
Modeste, il a senti que la main souveraine
Qui forma les anneaux de cette immense chaîne,
N'a pas, en le créant, épuisé ses trésors,
Et que l'insecte agit par les mêmes ressorts.
S'il veut se prévaloir de son intelligence,
L'instinct des animaux le réduit au silence;
Car, s'il ne discernait le bien d'avec le mal,
Malgré tout son orgueil il serait leur égal..

Peut-il être blessé d'un hardi parallèle,
Dans ses conceptions la nature est si belle !
Sublime, elle nous prouve en la considérant
Que plus l'œuvre est borné, plus le travail est grand !
Vous qui nous découvrez ses accords, ses contrastes,
Leurs causes, leurs effets si profonds et si vastes,
Ses desseins, ses couleurs et leur variété,
Dites : l'ambition de son souffle empesté
Osa-t-elle jamais ternir vos jouissances,
Étaler à vos yeux ses viles récompenses ?
Ah ! loin de la vertu ces soupçons odieux !
Eh ! qu'aurait-elle offert aux émules des dieux !...
Eût-elle fait briller son éclat illusoire
Aux esprits qui du ciel réfléchissent la gloire ?
Et qui voyant de près son résultat divin
Quoiqu'habitant un corps n'ont presque rien d'humain.
Au courage, au mérite, à l'immortel génie
On peut donc allier la simple modestie,

Et de sa renommée étonner l'univers
Sans de l'ambition connaître les travers.
C'est cette noble ardeur qui de tout point diffère
Du feu qui ronge l'âme et que rien ne modère.
L'une est pure, sans tache et sans combinaison,
Elle est sa nourriture, et l'autre est son poison !
Tortueuse en son cours, s'étayant de la brigue,
On la nomme à bon droit la fille de l'intrigue.
Elle se voile en vain en usant de détour,
Le voile se soulève et donne accès au jour.
D'or, d'éclat, de renom, l'ambitieux avide,
A rarement en lui quelque base solide :
Comprimant tout son être, il tente avec effort
D'arracher les faveurs dont l'a privé le sort.
Il se dit que l'adresse alliée à l'audace
Au mérite souvent a disputé la place ;
Que le temps, le hasard peuvent tout disposer,
Qu'il n'est rien d'impossible à qui sait tout oser.

C'est sur ces fondemens qu'il bâtit l'édifice
Ceint d'un double rempart d'orgueil et d'artifice.
Là, sans crainte d'attaque, il aiguise ses traits,
Et de ce qui l'occupe il ne parle jamais.
Ses modestes dehors, sa souple complaisance
Lui gagne des esprits l'intime confiance;
Il ménage, il prépare, il attire de loin
Ceux dont il peut un jour se servir au besoin.
Insinuant, flatteur, son flexible langage
Se met à l'unisson de tout rang, de tout âge,
Avec un art perfide il le sait moduler :
Son regard à son ton vient aussi se régler.
Près de l'homme puissant rien ne lui coûte à faire,
A tout ce qui l'approche il se rend nécessaire :
Épouse, fils, amis, par ses soins ralliés
Ne sont que des échos par lui multipliés.
Il ne dédaigne pas le moindre personnage,
Ne fût-ce qu'un valet, il brigue son suffrage,

Convaincu que parfois de majeurs intérêts
Sont contre-balancés par la voix des valets.
L'un vante ses moyens, l'autre exalte son zèle,
Sa probité, ses mœurs, son amitié fidèle;
Aucun ne lui connaît ni vices ni défauts :
Comme arrêts solennels on cite ses propos.
Le désir de briller ou la soif des richesses
De l'homme, selon lui, dénotent les faiblesses :
De quel œil pitoyable il regarde ces biens
Qui traînent avec eux de si pesans liens;
Un rang est importun, l'or est l'écueil du sage;
L'impassible froideur se peint sur son visage,
Tandis que si son cœur se dévoilait aux yeux...
De l'enfer tout entier l'on y verrait les feux.
Arrive enfin l'instant, fruit de sa patience :
Avec rapidité voyez comme il s'élance;
Quel changement terrible en lui s'est opéré;
D'un rôle fatigant il se voit délivré;

Il redevient lui-même : et toute sa souplesse
Dont le souvenir seul l'humilie et le blesse
Fait place à l'impudence, au mépris, au dédain;
Superbe, il s'affranchit de tout respect humain :
Pour atteindre son but, rendre sa marche sûre
Il foule aux pieds l'amour, l'amitié, la nature;
Et son premier exploit, toujours est de punir
La généreuse main qui daigna le servir.
Mais ce poste envahi, d'honneur ou d'opulence,
Prépare au bienfaiteur la plus juste vengeance.
L'ingrat, qui le trahit, est bien loin d'être heureux :
Rien n'assouvit la soif de l'homme ambitieux !
Ses désirs renaissans accroissent son martyre :
Plus il conquiert de biens, et plus il en désire.
Jetant sur sa fortune un regard méprisant,
Il vit dans l'avenir, sans jouir du présent :
Aucuns des sentimens dont s'ennoblit la vie,
N'ont jamais pénétré dans son âme endurcie.

En proie au sombre feu, par ses mains allumé
Son être se dévore et périt consumé.
Il vécut pour lui seul; son heure arrive, il tombe:
Nuls amis, nuls regrets n'environnent sa tombe,
Sa mémoire et son nom se couvrent de mépris;
Enfin de sa bassesse il a reçu le prix.
Doux calme! heureuse paix! trésors chéris du sage!
Comme un obscur néant, l'orgueil vous envisage;
Nourri dans le tumulte et dans la vanité,
Peut-il apprécier la *Médiocrité?*
Les dieux, dans l'âge d'or, abandonnant leur temple,
De chérir ses douceurs, nous donnèrent l'exemple.
Image de ces dieux, un héros immortel,
De sa royale main releva son autel.
Henri! guerrier sublime, ami fidèle et tendre,
Reçois la simple fleur, qu'ici j'offre à ta cendre.
De l'univers entier, tes exploits sont connus,
Mais qui peut mieux que moi parler de tes vertus (1)?

Par mon destin placée à tes côtés illustres,
Mon œil en fut témoin, pendant près de trois lustres.
Boufflers! laisse un instant les grâces, les amours,
Ma muse, de la tienne, implore le secours.
Pour peindre ce génie, il n'est qu'une pensée,
L'aimable vérité par ta voix l'a tracée; (2)
L'histoire la confirme, et son autorité,
La porte sur son aile à la postérité.
Henri fut un héros, Henri fut un grand homme;
Il étonna Paris, il eût étonné Rome! (3)
Philosophe, guerrier, et généreux vainqueur,
La gloire et les vertus, se disputaient son cœur.
Au milieu des combats, fait digne de mémoire
Il s'écriait: « Soldats! le sang souille la gloire! (4) »
Frédéric! ta grandeur, ton règne glorieux
S'appuyaient sur ce bras, toujours victorieux.
Oui, s'il fut à la fois éclatant et prospère,
Tu le dus au bonheur d'avoir Henri pour frère;

C'est lui qui sur ton front affermit le laurier,
Et ton cœur généreux en convint le premier (5).
De Mirabeau, je sais, la plume envenimée (6),
Voulut, de son poison, flétrir sa renommée ;
Mais le blâme public et le plus froid mépris,
De ce vil attentat furent l'unique prix.
La France magnanime, et noble autant que juste (7),
Qui s'honorait alors de sa présence auguste,
Condamna hautement la basse lâcheté
De violer les droits de l'hospitalité ;
Et redoublant pour lui de respect et de zèle,
Prouva que tout mérite est révéré par elle.
Eh! que pouvait, d'ailleurs, ce chef séditieux,
Qui, traînant après soi ses projets captieux,
Errait de cour en cour pour trouver la victime (8),
Dont la célébrité pourrait voiler son crime,
Et qui, jusqu'au tombeau, se reput de l'espoir
D'être roi quelque jour, sous un roi sans pouvoir.

Trompé dans ses calculs, et deviné, peut-être,
Il gagna les valets, pour se venger du maître;
Et flattant un ingrat, vieil espion gagé,
Du fardeau de l'honneur, dès long-temps dégagé,
Sur les honteux propos de sa bouche infidèle,
Fonda l'autorité de son hardi libelle.
Mais fuyez de mes vers, souvenir détesté,
Perdez-vous dans la fange et dans l'obscurité.

Accourez à ma voix, fraîches Hamadriades,
Et du lac de Rémus, vous, antiques Naïades (9),
Dont l'urne de cristal ne se trouble jamais
Et mêle son éclat au sombre des forêts;
Vous, dont le flot déserte à regret ces contrées,
Pour porter son tribut, aux mers hyperborées (10):
Divinités des bois, Dryades, Égypans,
Faunes, légers Sylvains, accourez à mes chants!

Reinsberg, nouvel Éden! retraite enchanteresse (11)!
Propice à la folie, ainsi qu'à la sagesse;

Bocage, où mon héros vit s'écouler ses jours,
Toi, dont l'ombre inspirait d'éternelles amours;
Asile de la paix, solitude chérie
Où toujours le malheur, trouvait une patrie,
Puissé-je, en retraçant ton charme, ton attrait,
A celui qui t'ignore, arracher un regret!
J'avais vu Chantilli, l'île Adam, Saint-Assise,
Où l'art adroitement aux regards se déguise;
Armainvilliers, Anet, Sceaux, le Raincy, Meudon,
Le célèbre Marly, l'élégant Trianon,
Et les bosquets sacrés du bel Ermenonville;
Mais en voyant Reinsberg de surprise immobile,
Admirant ces objets, qui pleins de majesté
S'alliaient sans effort à la simplicité,
Je crus voir le berceau de l'antique nature;
Je crus la voir, au jour où sa main libre et pure
Étalait en naissant tout le luxe rural
D'un monde primitif, et d'un sol virginal.

Ces hêtres dont la cime affronte les nuages (12),
Cette île qui brava la froide main des âges (13),
Ces pins, dont les hivers respectent la couleur,
Tout semblait d'un héros annoncer la grandeur.

Terre où je vis le jour ! superbe Occitanie !
A qui l'Europe doit plus d'un brillant génie,
Si ton doux souvenir n'excitait mes transports,
J'aurais connu l'envie en connaissant ces bords.
S'il est partout des bois, des eaux, des monts, des plaines,
Leurs trésors sont épars sur de vastes domaines :
Chacun de son partage exalte la beauté,
Et dans le sol natal passe sa vanité.
Ici, l'or des moissons, ou les verts pâturages,
Rivalisent les eaux et les épais ombrages ;
Là, les rives des mers, fières de leurs produits,
Dédaignent l'abondance et des fleurs et des fruits ;
De ces biens dispersés, qu'un même point rassemble,
Naît le charme attrayant et le magique ensemble

Qui subjuguent les cœurs à l'aspect de Reinsberg;
Lieu qu'immortalisa le vainqueur de Freiberg.
Par quel prodige heureux ce séjour admirable (14),
A-t-il été placé dans un désert de sable ?
Comment, sans cesse offert aux yeux admirateurs,
A-t-il bravé la faux des siècles destructeurs ?
Sans doute aux premiers temps la main toute puissante,
Qui dispense, à son gré, sa faveur bienfaisante,
Consacra ce chef-d'œuvre, en y gravant ces mots :
« *Temple de l'amitié, retraite des héros.* »
Rémus fut le premier. Fuyant Rome et son frère,
Son sort le conduisit dans ce séjour prospère.
Il se réfugia dans ces antiques bois,
Y propagea son culte, et ses arts, et ses lois.
Aux champs du Brandebourg on garde la mémoire
D'une tradition que rejette l'histoire :
Mais par la nuit des temps si ces faits sont voilés,
Que nous font les héros des siècles reculés,

Pour prouver qu'à Reinsberg la victoire eut un temple,
Nos yeux n'en ont-ils pas un immortel exemple?
Frédéric l'habita. Ce fut son univers;
Il y créa son âme, et ses plans, et ses vers.
Dans cette studieuse (*) et sublime retraite,
Il devint philosophe, et guerrier, et poëte:
Là, des cours oubliant la triste vanité,
Il marchait à grands pas vers l'immortalité;
Mais forcé de remplir sa haute destinée,
Il sut abandonner son île fortunée:
Tous ses doctes loisirs furent sacrifiés
Aux intérêts d'un peuple à ses mains confiés.
Maître d'un grand état, et vainqueur par ses armes,
Après avoir banni la guerre et les alarmes,
Il voulut partager sa victoire et ses droits
Avec un frère aimé, son rival en exploits;

(*) Epithète de Frédéric donnée à son île.

Il voulut, de sa main, lui ceindre un diadème,
Associer le trône au mérite suprême.
Le modeste Henri, redoutant la splendeur,
Par un refus constant dévoila son grand cœur (15).
Puisque la paix enfin, dit-il, est affermie,
O mon frère ! souffrez que mon âme ennemie
Du monde et de l'éclat, libre, oublie à Reinsberg
Les jours ensanglantés des plaines de Freiberg.
Le ciel nous a créés différens l'un de l'autre :
Mon lot est d'obéir, commander est le vôtre.
Dès vos plus jeunes ans au trône préparé,
Votre œil à sa hauteur s'éleva par degré :
Régner est un travail, un pénible exercice,
C'est de son être entier faire le sacrifice.
Quand la faveur des dieux m'exempta d'un tel sort,
Oser s'armer contre elle est un coupable effort.
A son nouveau signal la trompette guerrière
Me reverra soudain voler dans la carrière ;

Je sais ce que je dois à l'état, à mon roi,
Mais mon devoir rempli, daignez me rendre à moi.
Oui, je tiens de vos dons un agréable asile,
Où mon cœur jouira de ce destin tranquille
Qu'embellissent les arts, la douce humanité,
Et que seule connaît la médiocrité.
C'est dans vos entretiens, c'est dans ceux de Voltaire,
Que j'ai puisé ce goût, ce désir salutaire.
N'avez-vous pas d'accord déploré mille fois
La brillante infortune, apanage des rois ?
Combien vous lui vantiez les momens pleins de charmes
Passés à Remusberg (*) sans trouble et sans alarmes.
Le monarque attendri s'écrie, en l'écoutant :
Va dans cet Élysée, où le bonheur t'attend.
Il part, et dépouillant la pompe fatigante,
De la félicité que l'espoir lui présente,

(*) Nom que Frédéric donne à Reinsberg.

Il respire déjà le charme et les douceurs.
Qu'il est grand le mortel qui renonce aux grandeurs!
Dans un noble repos, Henri, tu considères
Ces superbes hochets, ces pompeuses chimères,
Mépris de la sagesse, idoles de l'orgueil
Qui suivent l'homme encore au-delà du cercueil.
Vous que l'ambition, dans ses fers sait contraindre,
En voyant mon héros, qu'il vous paraît à plaindre.
Esprits tyrannisés par la crainte et l'espoir,
Dans votre aveuglement pourrez vous concevoir
Qu'on puisse rejeter l'offre d'une couronne,
Pour la philosophie et les biens qu'elle donne;
Qu'on échange, par goût, les plus brillans destins,
Pour une vie égale, objet de vos dédains:
Le besoin de primer vous dévore sans cesse;
Vous ne vous élevez qu'à force de bassesse:
Grands avec les petits, petits avec les grands,
Vous vivez de fumée ou d'affronts déchirans.

Esclaves de l'erreur, de la folie esclaves,
Au lieu de les briser, resserrez vos entraves,
Offrez au joug un front où ces mots sont écrits :
« Hommes dégénérés que l'honneur a proscrits ! »
Vous ne sauriez souffrir que l'on nomme existence
Cet état dénué de faste ou de puissance ;
Vous vous apitoîriez, si vous aviez un cœur,
Sur ceux à qui le sort refuse sa faveur.
Combien vous devez être envers lui redevables,
De vous avoir soustraits aux classes innombrables
De ces êtres obscurs qui peuplent l'univers !
Ah ! ne redoutez point ce fortuné revers !
Le ciel qui vous connaît, place mieux sa justice :
Un tel bonheur n'est fait que pour l'âme novice ;
Même d'ambition fussiez-vous dépouillés,
Il vous est interdit ; elle vous a souillés !
Celui qu'à son pouvoir je vous montre rebelle,
Fut l'honneur des guerriers, des sages le modèle,

A Reinsberg, ce vengeur, ce soutien de l'état,
Pensait en philosophe et vivait en soldat.
De la simplicité, trésor du premier âge,
Henri, dans tous ses goûts, sut retracer l'image.
L'apanage royal, pour son rang destiné,
Ne fut que le dépôt de tout infortuné.
Les arts et les talens, enfans d'un sol tranquille,
Accoururent en foule embellir son asile (16);
Et le pauvre sans pain, sans force et sans abri (17),
Retrouva tous ces biens par les dons de Henri.
Jamais des fils de Mars, la redoutable escorte,
N'environnait ses pas, ne siégeait à sa porte;
Sans pompe, sans orgueil, bienfaiteur adoré,
De respect et d'amour il marchait entouré.
Dans ces antiques bois, empire du silence,
Il sentit d'Apollon la divine influence;
Et voulant de Titus retracer les bienfaits (18),
Il se peignit lui-même, en lui prêtant ses traits.

Henri de l'amitié fut un parfait exemple :
Cette fille du ciel à Reinsberg eut un temple (19).
O France ! tu le sais, quand de sanglans débats (20)
Forcèrent tes enfans à quitter leurs climats,
Reinsberg les abrita sous ses ombres propices,
Et changea, dans leurs cœurs, les regrets en délices.
Boufflers ! combien de fois ta muse a célébré
L'asile et les vertus d'un héros révéré ;
Qu'as-tu fait des doux fruits de cette verve aimable ;
(Peux-tu nous les céler sans te croire coupable ?)
Tes vers sans s'arrêter de sa source coulaient :
Le calme, le bonheur.... Henri les inspirait.
Tu n'oublieras jamais ces charmantes soirées,
Ces fêtes dans les bois par ses soins préparées,
Les impromptus badins, les contes, les couplets,
Faits par toi, sur des riens, mais toujours si bien faits.
Les esprits comprimés, dans l'enceinte des villes
Tentent pour s'affranchir, des efforts inutiles ;

Ils s'élancent, et prêts à saisir un objet,
Mille tableaux mouvans, arrêtent leur trajet.
Dans le bruit, le fracas, s'éteint la ressemblance,
Le génie et les arts sont enfans du silence.
Si, nés dans le tumulte, ils étonnent parfois,
Qu'eussent-ils donc été, nés du calme des bois.
Dans les cours, les palais, le respect et la crainte
Étouffent la pensée, ou la rendent contrainte.
Son aile en liberté prend un plus noble essor
Sous les voûtes d'azur que sous les voûtes d'or.
Au sein de la campagne une muse féconde,
Peut peindre avec clarté le tumulte du monde;
Mais au milieu du monde on ne peindra jamais
Des agrestes séjours, le calme ni la paix.
A cette liberté, ce calme inaltérable,
Se joignait à Reinsberg, le charme inexprimable
De suivre ses penchans, sans craindre nul frondeur,
Et d'approcher un grand, sans être adulateur.

L'homme contemplatif, cherchant la solitude,
Sans trouble, s'y livrait aux douceurs de l'étude;
Si dans son caractère il portait la gaîté,
Il versait ce tribut dans la société:
On n'exigeait de lui ni titres ni naissance,
Son devoir se bornait aux lois de la décence;
S'il était malheureux, on lui tendrait les bras,
Et s'il était errant, on arrêtait ses pas:
L'être en proie aux dégoûts d'une âme anéantie
Se sentait par cent nœuds rattacher à la vie.
Tout savait s'embellir dans cet heureux réduit;
La mort même y perdait cette horreur qui la suit.
Au lieu de noirs cyprès, effrayante parure (21)
De ces lieux dont l'aspect afflige la nature,
S'élevait un parterre entouré de bosquets
Qui mêlaient leur verdure à l'éclat des bouquets:
Le terrible abandon, le dégoût ni la crainte
N'attristèrent jamais cette riante enceinte.

La vieillesse y venait essayer le repos,
Et l'enfance bruyante, au milieu des tombeaux,
Y venait à son tour, dans les jeux du bel âge,
Essayer à la fois sa force et son courage,
De sa voix les échos répétant les éclats
Perpétuaient la vie au séjour du trépas.
Quand la mort s'y montrait, elle était toujours belle,
On voyait sur son front la rose ou l'immortelle;
Elle tenait en main la palme des guerriers
Et sa faux se cachait à l'ombre des lauriers.
Henri! ton souvenir est partout plein de charmes.
Du glorieux séjour vous ses compagnons d'armes,
Goltz, Blumenthal, Vedel, Platen, Keith, Schwerin (*)
Souriez au trophée élevé par sa main.

(*) Je sais que ces noms ne sont pas poétiques, mais ce sont ceux des héros prussiens.

Quel bruit majestueux a devancé l'aurore (22)?
Quels sont ces étendards que le soldat arbore?
L'aigle de Brandebourg en triomphe porté,
Près du lac de Rémus soudain s'est arrêté.
Du sage on méconnaît le solitaire asile;
Les forêts de Reinsberg se transforment en ville,
Des attributs de Mars jaillissent mille éclairs,
Et le son des clairons retentit dans les airs.

Auprès d'un monument qu'un rempart environne,
Arrivent ces enfans de la fière Bellonne;
Ils se forment en cercle à cette auguste voix
Qui jadis aux combats préparait leurs exploits:
La foudre qui grondait arrête son ravage (23):
Sous la voûte azurée il n'est plus qu'un nuage
Qui du faîte des cieux s'abaisse lentement
Et semble couronner celui du monument.
Chacun émerveillé voit, dans ce phénomène,
Du suffrage des dieux une marque certaine.

Ce n'est point un prodige ouvrage du hasard ;
On s'écrie : « Oui, la gloire à ce beau jour prend part
» Assise en ce nuage, elle voile sa tête,
» Pour être le témoin de cette auguste fête ;
» Mais de ses ailes d'or les rayons éclatans
» Dévoilent sa présence aux yeux des assistans. »
L'airain tonne, et soudain aux regards de la foule
Le factice rempart avec fracas s'écroule.
La colonne présente en ses flancs découverts
Les noms de cent héros et leurs exploits divers.
Les épouses, les fils, les pères et les filles (24)
Lisent avec orgueil les faits de leurs familles.
Henri, l'air martial, l'œil humide de pleurs
Contemple, satisfait, l'effusion des cœurs.
« Vos proches, a-t-il dit, sont au séjour céleste,
» Mais leur mémoire vit, et leur ami vous reste. »
Et rival à la fois et juge des guerriers
Sa belliqueuse main dispense les lauriers.

Son discours est sans art, simple comme son âme,
L'amour de la patrie y brille en traits de flâme ·
Il est fier de remplir ce solennel devoir :
Ses bienfaits en ce jour surpassent tout espoir (*).

Fortune ! qui pourrait t'accuser de caprice ?
De fol aveuglement, d'erreur ou d'injustice,
Tes chimériques torts doivent être effacés
Lorsque l'on voit tes dons si justement placés.
Ceux qui comme Henri savent en faire usage,
Déposent en faveur de ton choix libre et sage :
Il les prend de ta main comme dispensateur
Pour bannir la misère ou nourrir la valeur.

(*) Il ajouta des pensions aux familles des guerriers morts qui n'avaient pour vivre que celles que leur faisait l'état, se chargea de l'éducation des fils et de la dot des filles.

Eût-il été plus grand, ceignant un diadème?
Non, il porte en son cœur son mérite suprême.
En bienfaisance, en gloire il n'a point de rivaux,
Et les hommes pourtant à ses yeux sont égaux.
Quels biens consolateurs un mortel peut répandre
Quand la voix des vertus à lui se fait entendre!
Quand du haut des grandeurs descendu sans effort
Il fixe son destin sans l'attendre du sort.
Qu'ils sont purs les plaisirs auxquels il sacrifie
Cet éclat passager du néant de la vie!
Il voit sans s'émouvoir les hommes s'agiter,
Se débattre en tout sens, se presser, se heurter,
Se défier entr'eux dans cette folle course
Pour trouver le bonheur... ils désertent sa source!
Avides de jouir, ne jouissant jamais,
Il les entend, hélas! dévorés de regrets,
Désabusés, se dire : Où sont nos récompenses?
Pour prix de tant de soins, où sont nos jouissances?

Qu'il est amer le fruit de nos réflexions !
Nous voyons, mais trop tard, modernes Ixions
Que de la vérité constamment dénuées,
Comme lui nous avons embrassés les nuées.

De ces folles erreurs dès long-temps convaincu
Henri voulut mourir tel qu'il avait vécu.
Voyant tranquillement venir sa dernière heure (25)
Lui-même il désigna sa modeste demeure,
Sur une simple pierre il fit graver ces mots :
« La mort est le refuge et le terme à tous maux.
» Jeté par le hasard dans ce chaos immense,
» Né dans ce tourbillon de grandeur, de puissance
» Que le vulgaire croit source de tous les biens,
» Mais dont l'âme prudente évite les liens.
» Après avoir payé ma dette à la patrie,
» Aux arts, à l'amitié j'ai consacré ma vie ;
» Et distinguant le faux de la réalité,
» J'ai choisi ton bonheur, ô *Médiocrité !* »

Vous qui portez vos pas sur ce noble rivage,
Le temple de la gloire et l'asile du sage,
En passant à côté du plus saint des tombeaux
Consacrez une fleur aux mânes du héros.

FIN DU CHANT SECOND ET DERNIER.

NOTES

DU CHANT SECOND.

« Mais qui peut mieux que moi parler de tes vertus.
» Par mon destin placée à tes côtés illustres,
» Mon œil en fut témoin pendant près de trois lustres. »

(1) J'ai resté douze ans à Reinsberg ; j'ai été la société constante de S. A. R. et sa collaboratrice en ouvrages de théâtre. Ce prince composait lui-même de grands opéra ; c'est-à-dire, il faisait le plan, traçait le dialogue et me le donnait pour le mettre en vers. Ces opéra sont : *la Thébaïde*, *la Veuve du Malabar*, *Pertharite*, roi de Lombardie, *la clémence de Titus*, *Mustapha* et *Zeangir*, *Alzire* et *Anacréon*. Il m'a fait présent de la plupart de ces pièces que j'ai encore. Il avait toujours trois ou quatre compositeurs à son service pour en faire la

musique. Ce prince faisait représenter ses ouvrages avec une grande pompe. Le Moine et d'Alayrac ont voulu s'établir à Reinsberg, et comme c'était à moi qu'ils s'étaient adressés pour les proposer au prince, je leur répondis que je me garderais d'aider à leur projet ; que c'était un crime d'enlever deux hommes célèbres à la France, et que leurs talens viendraient s'évanouir dans un lieu où le suffrage d'une seule personne décidait du succès.

Les opéra du prince sont mal coupés. Ils n'ont, à la manière allemande, unité de temps ni de lieu; mais ils font un grand effet par les masses qui les composent et les grandes idées qu'ils renferment. M. Guillard, à qui je les ai communiqués, croit qu'étant retouchés, on pourrait en tirer grand parti. Si S. A. R. avait voulu, comme son frère, s'adonner à la versification, elle n'aurait point eu besoin de l'aide de personne pour composer ses ouvrages. Sa prose était presque toute de vers que j'ai laissés en les marquant de guillemets. Mais son extrême modestie s'associait toujours ceux de sa cour qui s'occupaient de poésie. Comme j'y suis restée plus long-temps que tous les autres, j'ai eu l'honneur d'être exclusivement son associée. Parmi les lettres que j'ai conservées du prince, j'en citerai une qui prouvera cette modestie. On pourrait me reprocher d'en manquer ; mais je répondrai que les complimens ne sont point des arrêts.

« Vous avez orné de fleurs mes simples paroles.
» Je suis comme ce taureau qu'on nommait Apis, et
» qu'on couronnait de myrtes et de roses. Mon in-
» suffisance réclame encore votre talent pour célé-
» brer le chevalier de Boufflers. C'est un épilogue
» qui suivra la reine de Golconde. Pardon si j'ai
» choisi l'idée, mais je sais que l'encens trop fort
» déplaît au chevalier. J'ai désigné Kalkbrenner
» pour faire la musique ; vous, faites-lui comprendre
» avec adresse que les fréquentes répétitions des
» mêmes phrases ne font que refroidir un ouvrage.
» La fête étant fixée à dimanche, vous m'obligeriez
» d'avoir fini dans trois jours. Je n'aurai pas le plai-
» sir de vous voir de la semaine ; je suis indisposé.
» M. *Toussaint* (*) vous apportera ce soir mon
» chiffre. J'attendrai votre métamorphose avec
» l'impatience que l'on doit à tout ce que vous em-
» bellissez, et qui augmente le désir et la curiosité

(*) Son lecteur.

» de vous lire. Adieu ; je voudrais être Titon pour » être digne de l'Aurore ; mais tant de bonheur » n'appartient pas à un vieux *métayer* de soixante- » six ans. *Signé* HENRI. »

Outre ses vertus éclatantes, son cœur était rempli de vertus sociales. Il avait une amitié si affectueuse qu'aux moindres maux qu'éprouvaient ses amis il ne les quittait plus, les servait lui-même, et leur prodiguait toutes sortes de soins et de distractions, sans jamais faire sentir la supériorité de son rang ; il faisait grand cas de la franchise à quelque point qu'elle fût poussée. Elle trouve si rarement accès chez les grands, que je ne puis passer sous silence le trait qui suit.

En 1792, ayant composé un discours pour l'inauguration d'une pyramide élevée à la mémoire des guerriers morts dans la guerre de sept ans ; il vint chez moi, et trouvant un de ses chambellans qu'il avait en grande considération, il voulut lui lire ce discours. Après la première phrase, le chambellan lui dit vivement : V. A. R. ne laissera pas ce début ? — Pourquoi, dit le prince ? déjà fâché de la nuance d'improbation. — C'est, répondit le premier avec fermeté, parce qu'il est indigne de votre gloire. Le prince se leva et sortit. J'observai au véridique qu'il avait été trop loin. C'est le devoir de l'amitié; je ne m'en repens pas, me dit-il. Je croyais le prince irrité pour long-temps. Quelle fut ma surprise de le voir rentrer tendre la main au chambellan, et dire: Je vous remercie. Ne faut-il pas adorer un être pareil?

« L'aimable vérité par ta voix l'a tracée. »

(Et les trois vers qui suivent)

(2) M. le chevalier de Boufflers a fait pour mettre au bas du portrait du prince, qui est en tête de sa vie, ce sublime quatrain :

« Dans cette image auguste et chère
» Tout heros verra son rival,
» Tout sage verra son égal
» Et tout homme verra son frère. »

« Il étonna Paris, il eût étonné Rome ! »

(3) Il était aussi profond philosophe qu'habile tacticien.

« Il s'écriait : Soldats ! le sang souille la gloire. »

(4) Ce sont les propres paroles du prince, le jour de la bataille de Freiberg, gagnée par lui le 27 octobre 1762.

« Et ton cœur généreux en convint le premier. »

(5) Quand Frédéric le Grand, en présence des chefs de l'armée, porta la santé du général qui n'avait jamais fait une seule faute : à la santé de votre majesté, s'écrièrent-ils. « Ce n'est pas de moi que » je parle, reprit vivement le monarque, c'est de » mon frère. »

« De Mirabeau, je sais, la plume envenimée,
« Voulut de son poison flétrir sa renommée. »

(6) Le libelle de Mirabeau, intitulé : *Histoire secrète de la Cour de Berlin*, qui parut au mois de janvier 1789, lors du second séjour du prince à Paris.

« La France magnanime, et noble autant que juste. »

(Et les cinq vers qui suivent.)

(7) Le jour que le libelle parut, tout ce qu'il y avait de grand à la cour et à la ville fut rendre visite à S. A. R. ou se fit écrire à sa porte. Elle reçut en même temps une invitation du roi pour dîner à Versailles. Ce fut en traversant la galerie, que M. Séguier lui dit : « Monseigneur, c'est de la boue qui ne tache pas. » Le prince fut si sensible aux marques

de bienveillance générale, qu'il me dit à son arrivée à Reinsberg, où j'étais restée pendant son absence : « Mirabeau m'a fait plus de bien que » de mal, en me confirmant d'une manière ir- » révocable les sentimens d'estime et d'amitié de » vos loyaux compatriotes de cette France, ma » patrie d'adoption ; car je vous avoue que je n'ai » cru valoir quelque chose que depuis que je connais » les Français. »

Quel enthousiasme il avait pour eux ! De quelque rang, de quelque condition qu'ils fussent, c'étaient des Français, ce nom renfermait tout pour lui.

« Errait de cour en cour, pour trouver la victime,
» Dont la célébrité pourrait voiler son crime. »

(8) Mirabeau, à l'examen, trouva le prince Henri trop ferme dans ses volontés, et le duc de Brunswick trop fin, qu'il nomma l'Ulysse du Nord, le madré de Brunswick, etc.

« Et du lac de Rémus, vous, antiques Naïades. »

(9) Nom du lac au bord duquel Reinsberg est situé.

« Pour porter son tribut aux mers hyperborées. »

(10) Il sort du lac de Rémus, fécond en sources, une rivière justement au pied du château; elle serpente jusqu'à la Havel, dans laquelle elle se jette; la Havel dans l'Alster, et de rivière en rivière va jusqu'à la mer Baltique.

« Reinsberg, nouvel Éden! retraite enchanteresse. »

(Et les sept vers qui suivent.)

(11) Reinsberg n'est ni une ville ni un village; c'est un lieu de plaisance, dans lequel se trouve un assemblage de jolies maisons bâties avec goût, et qui se sont augmentées peu à peu par le besoin et les circonstances. C'était anciennement une seigneurie appartenant aux marquis de Bredau. Frédéric Guillaume Ier. l'acheta, et ce fut l'asile que Frédéric le Grand habita lorsqu'il était prince royal. Sous un tel maître il prit une face nouvelle : le château fut rebâti, et les embellissemens se succédèrent de jour en jour. La nature y faisait presque tous les frais : jamais elle ne déploya son luxe avec autant de majesté que dans ce beau lieu. Frédéric fit bâtir une

grotte (de laquelle il avait fait son appartement), et élever sur le sommet du mont Rémus un superbe pavillon, où il se tenait journellement. C'est pourquoi la plus grande partie de ses lettres à Voltaire sont datées de Rémusberg, qui signifie en allemand Mont-Rémus, nom qu'il semble préférer au véritable qui est Reinsberg.

« Ces hêtres dont la cime affronte les nuages. »

(12) J'ai bien vu des arbres, depuis les Pyrénées jusqu'aux monts de Valdey en Russie, mais aucuns de cette beauté ni de cette vigueur.

« Cette île qui brava la froide main des âges. »

(13) L'île de Rémus. Une ancienne tradition reinsbergeoise porte, que Rémus, échappé à la mort dans le combat qu'il eut avec son frère, vint habiter cette île et y termina sa carrière. On trouvera des détails dans les notes à la fin du chant.

« Par quel prodige heureux, ce séjour admirable
» A-t il été placé dans un désert de sable? »

(14) On est tenté de croire, en voyant Reinsberg,

que c'est une féerie. Par quelque côté que l'on y arrive, à dix lieues à la ronde on ne trouve que du sable. On croit voir une plage que la mer vient d'abandonner ; mais quelle agréable surprise en y entrant.

« Par un refus constant dévoila son grand cœur. »

(15) Les anciens amis du prince m'ont assurés que le grand Frédéric, de concert avec Catherine II, avait voulu le faire roi, et que le prince avait refusé. Je n'ai point eu la hardiesse de demander au prince la vérité de ce fait ; mais à ma connaissance, il a hérité du margraviat de Schwet, et l'a cédé à Frédéric-Guillaume son neveu. Dans les conditions de cette cession, il y en a une qui fait trop d'honneur à Son Altesse Royale pour la céler ; c'est la promesse formelle de la part du roi de placer, encore de son vivant, ses vieux serviteurs, et de prendre soin, après sa mort, de tout le reste de sa maison. Je sais encore, et je suis du petit nombre de ceux qui le savent, que M. V....., neveu de W...., est venu à Reinsberg, en 1792, pour lui offrir une souveraineté, que, selon ce que je puis croire, M. le marquis de L... F...

était à la tête de ce projet. M. V.... a logé dans un bâtiment au fond de mon jardin, que j'ai fait arranger d'après le désir de S. A. R. Personne de sa cour ne s'est douté qu'il y eût un étranger à Reinsberg. Après son départ, ayant pris la liberté de demander au prince ce qu'était mon prisonnier, il me répondit en souriant : « Ce sont des affaires aux» quelles vous ne comprendriez rien ; mais c'est un » homme qui voulait nous faire jouer nos opéra à » B***. J'ai remercié celui qui me l'avait envoyé. »

« Accoururent en foule embellir son asile. »

(16) Dès que le prince fut fixé à Reinsberg, il régla ses occupations et ses plaisirs. Il lisait ou écrivait toute la matinée. Sa correspondance était très-étendue, outre les gens de lettres qui étaient en relations avec lui. Il écrivait tous les jours à sa sœur de Brunswick, à son frère Ferdinand, etc., faisait des notes sur les livres de tactique ; l'un de ses attachés a eu le bonheur d'hériter d'un Plutarque noté de sa main. Il sortait sur le midi pour aller visiter les bâtimens et embellissemens qu'il faisait faire sans relâche. C'était le tombeau de Virgile, le temple de l'amitié, la grotte de la

nymphe Egérie, le sarcophage, le pont de Neptune, sur lequel est une statue colossale, représentant le dieu armé de son trident, et dont le geste semble indiquer à la rivière qui sort du lac de Rémus le cours qu'elle doit suivre. Il rentrait pour dîner avec sa cour, et les étrangers que sa réputation militaire attirait à Reinsberg; ensuite il faisait en voiture ou à pied une longue promenade, il retournait à cinq heures au château, dessinait pendant qu'on lui faisait une lecture qui durait ordinairement deux heures, et se rendait après chez madame la marquise de S... ou chez moi, avec quelques-uns de ses gentilshommes. Jusqu'à onze heures on s'occupait à faire des vers ou des lectures agréables. Dans l'hiver il y avait spectacle les jeudis et les dimanches, bals les lundis, et concerts les vendredis. Tous les virtuoses qui en passant se sont fait entendre à sa cour, ont eu lieu de se louer de sa générosité et de son accueil flatteur.

Le fameux Le Kain a joué la tragédie à Reinsberg; le prince et le duc de Brunswick son neveu, n'ont pas dédaigné de partager cet amusement avec lui. En 1792, j'ai vu S. A. R. représenter le rôle d'Annibal; et certes je crois qu'on ne peut s'attendre à un plus grand effet que celui de voir le rôle d'un héros rempli par un héros véritable. L'illusion est complète.

« Et le pauvre sans pain, sans force et sans abri
» Retrouva tous ces biens par les dons de Henri. »

(17) Il avait établi des hospices à Reinsberg, où les pauvres se rendaient de tous côtés, au nombre desquels se trouvaient beaucoup de soldats invalides, la Prusse n'ayant aucune maison de retraite pour les défenseurs de la patrie. Ils étaient sûrs d'avoir chez lui asile et secours. Tous les autres avaient pour récompense la permission de mendier. Ah! si le prince eût régné, il y aurait eu à Berlin un hôtel des Invalides avant une académie.

« Et voulant de Titus retracer les bienfaits,
» Il se peignit lui-même en lui prêtant ses traits. »

(18) L'opéra de *la clémence de Titus*, fait par le prince.

« Cette fille du ciel à Reinsberg eût un temple. »

(19) Le temple de l'amitié dont il a donné le plan. Il est élevé auprès de la colonne érigée par lui à M. de Malsherbes. On en trouve la description dans la vie

du prince, ainsi que l'inscription gravée dessus, faite par M. le chevalier de Boufflers.

« O France! tu le sais, quand de sanglans débats. »

(Et les trois vers qui suivent.)

(20) La noblesse de France qui dans le temps de l'émigration se réfugia à Reinsberg, y reçut l'accueil le plus distingué et rendit pendant dix ans cette cour très-brillante, non par le luxe, il n'y en eût jamais, mais par une réunion de gens instruits et marquans. Madame de Sabran, son fils, M. de Boufflers, M. de Meilhan, etc., s'y fixèrent, et attirèrent par le charme de leur société des étrangers célèbres, tels que M. le comte Jean Potoski, surnommé le savant, Milord Findlatter, plusieurs seigneurs de Suède, et l'aimable et brave prince Louis de Prusse, neveu de S. A. R. qui faisait le principal ornement de la cour de Reinsberg.

» Au lieu de noirs cyprès, effrayante parure. »

(Et toute la tirade.)

(21) C'était un jardin où chacun avait la liberté

d'embellir la place qui renfermait l'objet de ses regrets. On y voyait continuellement des parens, des amis l'entourer de roses, de lys, de violettes, d'accacias, de saules pleureurs, de peupliers d'Italie. Ils ombrageaient des colonnes brisées qui portaient des incriptions philosophiques ; on y voyait des statues qui représentaient le temps, les vertus, le silence, etc. ; plusieurs de ces inscriptions étaient composées par le prince, pour les personnes qu'il avait chéries. Il a daigné faire celle de M. Bursay, mon beau-père. Elle est touchante. Il y fait parler sa femme et ses enfans. Je regrette de ne pouvoir la citer : je l'ai perdue à Moskou. On entrait dans ce jardin à toute heure, et quelques poëtes moins gais que M. de Boufflers allaient y composer leurs vers.

« Quel bruit majestueux a devancé l'aurore ? »

(Et la tirade suivante.)

(22) Le 4 juillet 1791. La fête de l'inauguration de la colonne élevée à la mémoire des guerriers prussiens.

« La foudre qui grondait arrête son ravage. »

(23) Le temps fut couvert toute la nuit précé-

dente, et le prince ne ferma pas l'œil, pensant que la fête n'aurait pas lieu. Il avait invité près de cinq mille personnes; Reinsberg n'étant pas assez grand pour en contenir le demi-quart, il fallait nécessairement qu'elles s'en retournassent. Cependant la fête nécessitait leur présence, puisque la majeure partie des invités étaient des militaires accompagnés de leurs familles. Le canon dès l'aube du jour annonça la fête, malgré l'incertitude du temps. A deux heures après-midi l'orage éclata, et la cérémonie devait avoir lieu à trois. Son Altesse Royale était au désespoir lorsqu'un rayon de soleil apporta l'espérance. Le cortége était déjà prêt à partir du château. Enfin la pluie ayant cessé le prince se mit à la tête des guerriers, et arrivés à la colonne le ciel était tout-à-fait épuré; il ne resta qu'un nuage qui se plaça au-dessus du monument à l'instant même où S. A. R. lut le discours qu'il avait composé. Il est tout en entier rapporté dans sa vie.

« Les épouses, les fils, les pères et les filles,
» Lisent avec orgueil les faits de leurs familles. »

(24) Ils entouraient la colonne pour lire les ins-

criptions dont elle était couverte, et l'on n'entendait que ces mots : c'était mon père, mon frère, mon fils, mon époux. La contenance de Henri, debout sur la base du monument, n'était plus celle d'un mortel. Son port et ses traits respiraient un air divin. Il était entouré de ses vieux compagnons d'armes, dont les yeux étaient baignés de pleurs; lui-même ne pouvait retenir les siens. Après la cérémonie il conduisit les guerriers d'un grade supérieur dans une tente dressée en face de la colonne pour y dîner. Un général, aide-de-camp de S. A. R., reçut les autres officiers, leurs mères, épouses et enfans, sous un grand treillage où le couvert était mis pour cinq cents personnes. Une seconde tente fut occupée par tous les conseillers de guerre, auditeurs, gens de robe, de marine et de finance. M. Horzisky, secrétaire des commandemens de S. A. R., en fit les honneurs. Dans la troisième se rassemblèrent les artistes de tous genres, et le prince me désigna pour les y recevoir. Après le dîner, les deux dernières tentes furent réunies à celles de la cour pour le bal. Les soldats avaient dîné sur une file de tables posées dans une grande allée du bois. On offrit des rafraîchissemens aux simples spectateurs, et l'on distribua des vivres aux gens de la campagne qui étaient venus des environs.

Tout ce jour et la nuit suivante se passèrent en réjouissances, où le bon ordre et la décence présidèrent, et chacun se retira emportant dans son cœur le souvenir de cette glorieuse journée.

« **Voyant tranquillement venir sa dernière heure.** »

(Toute la tirade.)

(25) Lorsque ce prince sentit approcher sa fin, quoiqu'il fût encore agissant, et qu'on lui dissimulât le danger, il fit en secret graver, à Berlin, son épitaphe, qu'il avait composée lui-même, en ordonnant que ce fût sur une simple pierre; et lorsqu'elle arriva, il dit tranquillement à l'inspecteur de ses bâtimens, qui escortait la voiture qui la contenait : « Il était temps. » Effectivement il s'alita le lendemain, et mourut peu de temps après.

Il avait choisi, et depuis bien long-temps, un petit berceau auprès du lac, en face des fenêtres de son appartement. Combien de fois je l'ai vu méditer à cette place, ne me doutant pas du sujet de sa méditation !...

Les âmes faibles détournent leurs regards de ce dernier moment. Je me souviens que je quittai mon pays natal avec plaisir, parce que mon père y avait acheté une tombe où j'ai vu déposer plusieurs des miens; il me sembla qu'en m'éloignant de ces lieux, je me dérobais à la mort. Henri, l'âme pleine de philosophie, s'y préparait avec calme, et s'accoutumait d'avance à la place qu'il devait occuper éternellement. C'est son exemple que j'ai voulu mettre sous les yeux : heureux qui peut le suivre.

Le morceau suivant formait l'épisode du deuxième chant. Mes amis m'ont conseillé de le transporter après les notes de ce 2e. chant, afin que la fable ne fût point mêlée à la vérité. Je l'ai composé des débris d'une tradition reinsbergeoise qui porte que Rémus a fondé Reinsberg, et que Frédéric le Grand appuie en quelque sorte en citant un passage trouvé dans un manuscrit du Vatican et qu'on verra ci-après. J'ai pensé que ces détails curieux pourraient plaire aux lecteurs.

TRADITION.

« Les champs de Brandebourg ont vu naître une fable (1),
» Qu'un peu d'orgueil se plaît à croire véritable,
» Qui porte que *Rémus*, soustrait au coup mortel,
» Dirigé par la main d'un frère criminel,
» Dans l'ingrat *Romulus* aimant encor ce frère,
» Se soumit sans murmure à son destin contraire;
» Que lui cédant ses droits sur leurs naissans états,
» Il fut cacher son sort en de lointains climats;
» Aux rives de l'Albis (*) qu'il bâtit une ville,
» Sur un mont, près d'un lac, se choisit un asile,

(*) L'Elbe.

La nuit couvre ces faits ; mais le lac et le mont
Du premier des Romains ont conservé le nom.
Quand Rome de sa gloire eut exhaussé le faîte,
Alors qu'elle entassait conquête sur conquête,
Ses fils victorieux, jusque chez les Germains,
Voulurent arborer les étendards romains
Surpris de voir parmi ces nations sauvages
Quelques traits effacés de leurs anciens usages,
Dans un espace étroit les trouvant circonscrits,
Une lueur soudaine éclaira leurs esprits.
Plus attentivement ils suivirent les traces
D'une tradition que conservaient leurs races,
Et qui de père en fils transmise obscurément
Acquérait en ces lieux un juste fondement.
Brûlant de l'éclaircir, avides d'espérances,
Recueillant avec soin les moindres circonstances,
Une ombre de leur langue, un éclair de leurs arts,
Ils formèrent un tout de ces débris épars.

Le succès quelquefois du hasard est l'ouvrage,
Il leur offrit, un jour qu'ils cherchaient un passage,
Un vieillard qui tentait de gravir sur un mont:
Un siècle sillonnait son vénérable front.
Ne pouvant soutenir l'éclat de la lumière
Il n'ouvrait qu'à demi sa débile paupière.
Sur un bâton noueux il appuyait son corps,
Chaque pas lui coûtait de pénibles efforts.
La foule des guerriers vers lui se précipite;
C'était la fleur de Rome et des braves l'élite.
Terribles aux combats, sensibles dans la paix,
Rachetant leur victoire à force de bienfaits.
Avec urbanité la troupe l'environne,
Le conduit sur le mont que son réduit couronne,
D'une noble pitié, lui prodigue les soins
Et veut savoir son nom, son sort et ses besoins.
Le bon vieillard s'écrie en répandant des larmes:
« Voilà donc ces Romains, objets de tant d'alarmes!

» Ces hommes redoutés, l'effroi de l'univers!
» Ah! qui vous connaîtra bénira ses revers!
» Que le ciel tout-puissant veille à vos destinées,
» Les rende, s'il se peut, encor plus fortunées.
» Oui, depuis soixante ans vous êtes les premiers
» Dont la voix retentit dans mes tristes foyers :
» Sans parens, sans amis, errant dans la nature,
» Le retour du printemps est pour moi sans verdure;
» L'impitoyable mort brisa tous mes liens;
» Je suis seul au milieu de mes concitoyens.
» Mais agréez, avant que j'épanche ma peine,
» L'humble repas produit de mon humble domaine;
» Ma main fertilisa ces arides côteaux,
» Cet instant, au centuple, a payé mes travaux.
» Afin de célébrer cette faveur insigne,
» En vous offrant ce vin don rare de ma vigne,
» Je dois, observateur de ma religion,
» Faire à *Mars* triomphant une libation. »

La surprise à ce nom de la troupe s'empare.
« Quoi ! le culte de *Mars* dans un pays barbare ?
» Quel prodige étonnant ! Vieillard, instruisez-nous
» Comment le nom de *Mars*, si révéré par vous,
» Chez ce peuple jamais n'a frappé notre oreille ?
» Ce mystère profond cache quelque merveille !...
« Je me nomme Algenor ; je compte cent hivers
» Semés de maux cuisans, de souvenirs amers :
» Mon père et mon aïeul en comptaient plus encore :
» Les leurs, venus jadis des lieux où naît l'Aurore,
» Avaient fidèlement suivi dans ces climats
» Un guerrier préservé des plus noirs attentats
» Dirigés par son frère ennemi du partage,
» D'un royaume naissant et leur commun ouvrage.
» Mais je crains d'abuser... — Non, non, sage vieillard,
» Du moindre de ces faits daignez nous faire part.
» Un intérêt puissant nous porte à vous entendre ;
» Chaque mot vous acquiert l'amitié la plus tendre.

» — Je vais remémorer ces secrets surprenans
» Perdus dans le tumulte et dans la nuit du temps.
» Cet illustre proscrit, auteur de mes misères,
» Fonda son culte antique en ces bois solitaires;
» Ce culte, c'est le mien, celui de mes aïeux,
» Mais *Puster*, après Mars, fut mis au rang des dieux (2).
» Ses prêtres imposteurs, levant leur tête altière,
» Exercèrent sur nous leur fureur meurtrière;
» Un seul mot, un regard tout devient criminel,
» Et ce dieu dans le sang érigea son autel.
» Mes ancêtres de loin prévoyant ces orages,
» Dans ces antres déserts portèrent leurs images.
» Chez ce peuple déchu l'ignorance et l'erreur
» Avaient fait de ce mont un objet de terreur.
» Dans le calme des nuits ses fantastiques craintes
» Lui figuraient des sons, de lamentables plaintes,
» Des bruits d'armes mêlés à des cris déchirans,
» L'ombre de ce guerrier et des mânes errans;

» Car c'était, disait-il, sur le sol où nous sommes
» Que fut enseveli ce bienfaiteur des hommes.
» Ainsi, depuis long-temps ce songe accrédité
» Avec notre abandon fit notre sûreté;
» J'aurais même ignoré votre destin prospère
» Si je n'avais hier, dans un bois solitaire
» Rencontré sur mes pas deux soldats étrangers
» Qui fuyaient lâchement la guerre et ses dangers.
» Un mouvement subit fait lever l'assemblée :
» Pardonnez, Algenor, si la paix est troublée,
» Dit l'un de ces guerriers. Suspendez vos récits;
» Que de doutes par eux viennent d'être éclaircis!
» Gardez d'attribuer à notre impatience
» Le transport qui nous force à rompre le silence,
» Vous saurez l'approuver instruit à votre tour;
» Partagez le bonheur que nous promet ce jour;
» Mille bras vont tenter une illustre entreprise.
» Dans vos yeux étonnés se peint votre surprise.

» Quand l'espoir de la gloire agite un cœur romain (3)
» Le succès n'est jamais remis au lendemain.
» Il dit, et comme un trait il franchit la montagne;
» Un peuple de soldats au retour l'accompagne.
» Il est armé de pics, de haches et de pieux,
» Le fer brille en ses mains, la flamme dans ses yeux.
» Déjà du chêne altier qu'il frappe en sa racine
» Le superbe sommet se balance et s'incline,
» Il brise les objets qui barrent son chemin,
» Sous ses pas de la terre ouvre, fouille le sein,
» Bouleverse le mont de la base à la cime,
» Dans le fond d'un abyme il creuse un autre abîme:
» Les masses de rochers roulent dans le vallon.
» Tel on voit tout à coup le terrible aquilon
» Exercer dans les champs son aile destructive,
» Combler le lit d'un fleuve en inondant sa rive,
» Abattre les moissons, renverser les forêts,
» D'une noire poussière obscurcir les guérets.

» Tels étaient ces soldats pleins de l'ardeur romaine,
» Mâle effet du pouvoir, joint à la force humaine;
» Mobiles qui d'accord pourraient tout aplanir,
» Mais que si rarement l'homme sait réunir.
» Leurs bras accoutumés à créer des miracles
» Redoublaient de vigueur à l'aspect des obstacles,
» Et leurs cœurs animés d'un filial devoir
» Conservaient la constance ayant perdu l'espoir,
» Lorsque sous une roche aux regards découverte,
» La cendre de *Rémus* aux Romains fût offerte.
» La pierre qui couvrait ces restes d'un héros (4)
» Constatait le succès de leurs hardis travaux.
» On y voyait gravé le redoutable augure (5)
» Qui frappa ses esprits sur l'antique *Remure*.
» Saisi d'un saint respect ce peuple de guerriers
» A *Rémus fondateur* consacra ses lauriers.
» Juste, il n'oublia pas au sein de la victoire
» Que Rome lui devait l'aurore de sa gloire;

» Et d'un vœu général auguste et solennel
» La tombe fut soudain transformée en autel (6).
» Algenor vit cesser son exil, sa misère.
» Recevant des Romains le nom sacré de père,
» Au pied de la colline il fixa son séjour,
» Pour veiller à l'autel jusqu'à son dernier jour. »

FIN DE LA TRADITION.

NOTES DE LA TRADITION.

« Les champs de Brandebourg ont vu naître une fable
» Qu'un peu d'orgueil se plait à croire véritable. »

(Et les huit vers qui suivent.)

(1) *Correspondance de Voltaire et de Frédéric, tome* 64e., *lettre* 18e.

De Rémusberg, le 7 avril 1737. C'est Frédéric qui parle.

« Il y a quelques années qu'on trouva dans un ma-
» nuscrit du Vatican, l'histoire de Romulus et de
» Rémus, rapportée d'une manière toute différente
» de celle dont elle nous est connue. Ce manuscrit
» fait foi que Rémus s'échappa des poursuites de
» son frère, et que, pour se dérober à sa jalouse
» fureur, il se réfugia dans les provinces septentrio-
» nales de la Germanie vers les rives de l'Elbe; qu'il
» y bâtit, auprès d'un grand lac, une ville à

» laquelle il donna son nom, et qu'après sa mort
» il fut inhumé dans une île qui, s'élevant du sein
» des eaux, forme une espèce de montagne au mi-
» lieu du lac.

» Deux moines sont venus ici il y a quatre ans
» de la part du pape, pour découvrir l'endroit que
» *Rémus* a fondé, selon la description que je viens
» d'en faire. Ils ont jugé que ce devait être Rémus-
» berg, ou comme qui dirait *Mont-Rémus.* Ces
» bons pères ont fait creuser dans l'île de toutes
» parts pour découvrir les cendres de *Rémus.* Soit
» qu'elles n'aient pas été conservées assez soigneuse-
» ment, ou que le temps qui détruit tout, les ait
» confondues avec la terre, ce qu'il y a de sûr c'est
» qu'ils n'ont rien trouvé. »

C'était une faiblesse des deux frères, qu'on ne pouvait contrarier plus à coup sûr, qu'en disant que la tradition de Rémus était une fable. On voit les regrets de Frédéric dans la fin du paragraphe ci-dessus. Il feint d'en plaisanter parfois, mais il y revient avec complaisance; *il continue :*

« Une chose qui n'est pas plus avérée que celle-
» là, c'est qu'il y a environ cent ans, en posant
» les fondemens de ce château, on trouva deux

» pierres sur lesquelles était gravée l'histoire du » *vol des vautours*. Quoique les figures aient été » fort effacées, on en a pu reconnaître quelque » chose. Nos gothiques aïeux, malheureusement » fort ignorans et peu curieux des antiquités, ont » négligé de nous conserver ces précieux monumens » de l'histoire, et nous ont par conséquent laissés » dans une incertitude obscure sur la vérité d'un » fait aussi important.

» On a trouvé, il n'y a pas trois mois, en re- » muant la terre dans le jardin, une urne et des » monnaies romaines, mais qui étaient si vieilles » que le coin en était quasi tout effacé. Je les ai » envoyées à *M. de la Croze*. Il a jugé que leur » antiquité pouvait être de dix-sept à dix-huit » siècles.

» J'espère, Monsieur, que vous me saurez gré de » l'anecdote que je viens de vous apprendre, et » qu'en sa faveur vous excuserez l'intérêt que je » prends à tout ce qui peut regarder l'histoire d'un » des fondateurs de Rome dont je crois conserver » la cendre. D'ailleurs, on ne m'accuse pas de trop » de crédulité : si je pèche ce n'est pas par supersti- » tion. »

Réponse de Voltaire. Lettre 22, page 98.

A Cirey, le 27 mai 1737.

« C'est sans doute un héros, c'est un sage, un grand homme
» Qui fonda cet asile embelli par vos pas ;
» Mais cet honneur n'est dû qu'aux vrais héros de Rome
» *Rémus* ne le méritait pas.
» Scipion l'Africain bravant sa république,
» Et quittant un sénat trop ingrat envers lui,
» Porta dans vos climats ce courage héroïque
» Qui faisait trembler Rome et qui fut son appui.
» Cicéron dans l'exil y porta l'éloquence,
» Ce grand art des Romains, cette auguste science
» D'embellir la raison, de forcer les esprits.
» Ovide y fit briller un art d'un plus grand prix,
» L'art d'aimer, de le dire et sur-tout l'art de plaire.
» Tous trois vous ont formé, leur esprit vous éclaire.
» Voilà les fondateurs de ces aimables lieux :
» Vous suivez leur exemple, ils sont vos vrais aïeux.
» La véritable Rome est cette heureuse enceinte
» Où les plaisirs pour vous vont tous se signaler.
» L'autre Rome est tombée, et n'est plus que la sainte,
» Rémusberg est la seule où je voudrais aller. »

» Voilà, Monseigneur, ce que je pense du *Mont-» Rémus*. Je suis destiné à avoir en tout des opi-» nions différentes des moines. Vos deux antiquaires » à capuchon, soi-disant envoyés par le pape, de-» vraient bien faire un saint de *Rémus*, n'en pou-» vant faire le fondateur de votre palais; mais appa-» remment que *Rémus* aurait été aussi étonné de » se voir en paradis qu'en Prusse. »

« Mais Puster après Mars fut mis au rang des dieux. »

(2) Puster (iconologie), idole des anciens Germains, dont on a fait la première découverte dans un château de Thuringe nommé Rothembourg, et que Gonthier, comte de Schwartzbourg, transporta en 1546 de ce château dans la forteresse de Sondershausen, où elle est depuis cette époque. Cette idole a deux pieds un pouce de hauteur et deux pieds et demi de grosseur ou de circonférence. Elle paraît s'appuyer sur le genou droit; sa main droite est posée sur sa tête, laquelle est percée d'un trou sur le sommet et d'un autre à la bouche. Si l'on remplit, en partie d'eau, en partie de matières combustibles, la cavité de cette idole, et qu'après avoir exactement bouché les deux trous

avec des chevilles de bois, on pose l'idole sur le feu, on la voit au bout de quelque temps couverte d'une sueur universelle; après quoi, si l'on augmente le feu, les chevilles sont chassées avec impétuosité des ouvertures qu'elles remplissaient et il en sort des flammes avec grand bruit. Ainsi Puster n'est autre chose qu'une espèce d'eolipyle. A l'égard de la matière, c'est une sorte de bronze dont l'alliage est inconnu jusqu'ici, quoiqu'on l'ait soumis à différentes épreuves chimiques, et que pour cela il en ait coûté à l'idole une partie de son bras gauche.

Il paraît que les prêtres germains se servaient utilement de cette figure, objet du culte public, pour intimider les peuples superstitieux, et pour en tirer des offrandes et des sacrifices suivant que cette idole paraissait aux assistans plus ou moins irritée; ce qui dépendait uniquement des divers degrés de chaleur que les prêtres savaient lui communiquer. D'abord, Puster, par la sueur qui découlait de tout son corps, marquait une médiocre colère, mais si les spectateurs n'en étaient que médiocrement touchés, alors à l'aide du feu qu'on avait soin de redoubler, l'idole entrait en fureur, faisait entendre des mugissemens et vomissait des flammes par la bouche et le sommet de la tête, ce qui ne manquait pas de produire l'effet qu'on attendait, c'est-à-dire, de multiplier les offrandes que les prêtres de Puster tournaient à leur profit.

Ces détails sont tirés d'une dissertation latine de M. Straube : intitulée *Pusterus vetus, Germanorum idolum;* imprimée à Giersen, in-4°. en 1726.

« Quand l'espoir de la gloire agite un cœur romain,
» Le succès n'est jamais remis au lendemain. »

(3) Les soldats de César tenaient de lui ce grand principe, de ne rien remettre au lendemain.

« La pierre qui couvrait ces restes d'un héros. »

(4) La pierre dont parle Frédéric, trouvée en fouillant à Reinsberg.

« On y voyait gravé le redoutable augure
» Qui frappa ses esprits sur l'antique Remure. »

(5) Le vol des vautours était gravé dessus. Rémus étant à sa maison des champs, sur le mont Remuria vit se diriger de son côté ces oiseaux de sinistre présage, et le prit comme un avertissement de sa mort

qui arriva de suite dans le combat qu'il eut avec son frère Romulus pour disputer l'empire.

« La tombe fut soudain transformée en autel. »

(6) Les plongeurs prétendent qu'au fond du lac, au pied du *mont Rémus*, il existe un autel. Il y a quatre-vingt-dix pieds d'eau dans cet endroit, ce qui prouve qu'anciennement le terrain que couvre le lac était une vallée; car au bout du lac Rémus on en voit un autre beaucoup plus grand qui n'est séparé de celui-ci que par un court détroit; il est à présumer que les eaux du grand lac ont miné ce passage, se sont répandues dans la vallée, et que l'autel s'est trouvé enseveli dans les eaux.

Sans doute ces récits seront traités de fables;
L'amour du merveilleux peut les trouver croyables.

FIN.

www.ingramcontent.com/pod-product-compliance
Ingram Content Group UK Ltd.
Pitfield, Milton Keynes, MK11 3LW, UK
UKHW031908260826
14628UKWH00003B/1061

9 782019 642389